ブックデザイン
ヒネのデザイン事務所＋森成燕三

きみがいた時間　ぼくのいく時間

きみがいた時間
ぼくのいく時間

成井豊 Yutaka Narui
＋
隈部雅則 Masanori Kumabe

論創社

目次

きみがいた時間　ぼくのいく時間　5
バイ・バイ・ブラックバード　147
あとがき　275
上演記録　281

きみがいた時間　ぼくのいく時間

SPIRAL

成井　豊　＋　隈部　雅則

登場人物

秋沢里志　（P・フレック開発四課研究員）
梨田紘未　（広川製縫社員）
秋沢真帆　（秋沢里志の妹）
野方耕市　（P・フレック開発四課課長）
若月まゆみ　（P・フレック開発四課課長代理）
山野辺光夫　（P・フレック開発四課研究員）
佐藤小百合　（P・フレック開発四課研究員）
広川圭一郎　（広川製縫社長）
柿沼純子　（馬車道ホテル副支配人）
柿沼浩二　（柿沼純子の弟）
柿沼英太郎　（柿沼純子の父）
萩原芽以子　（馬車道ホテル従業員）
栗崎健　（馬車道ホテル従業員）
十二歳の紘未

この作品は、梶尾真治『クロノス・ジョウンターの伝説∞インフィニティ』（発行・朝日新聞社　発売・朝日新聞出版）所収の『きみがいた時間　ぼくのいく時間』を脚色したものです。

1

真帆

二〇〇九年五月、秋沢真帆のマンション。
真帆が机に向かい、パソコンを打っている。手を止めて、ティーカップを口に運ぶ。一口飲んで、画面に映った文字を読み始める。

時間には、形も重さも色もない。それなのに、私たちはしばしば、時が流れる、と言う。おそらく、その時、私たちの脳裏にあるのは、一筋の川のイメージだ。過去から未来へと、真っ直ぐに流れていく大河。その勢いは意外と激しくて、人にはけっして遡ることができない。ところが、ある日、兄がこんなことを言った。時の流れは真っ直ぐじゃない、螺旋の形をしていると。紅茶にミルクを入れて、スプーンで掻き回す。すると、一瞬、渦ができる。これが螺旋だ。時間は過去から未来へ向かって、渦のように流れていく。グルグル、グルグル、グルグル。私たちは現在という名の小舟に乗って、その渦を回っている。過去から未来へ。グルグル、グルグル、グルグル。

真帆の背後に、他の登場人物たちが現れる。渦のように、グルグル回る。真帆もその渦に巻き込まれる。やがて、秋沢里志と梨田紘末の姿が浮かび上がる。二人は一緒に歩いている。が、突然、紘未の姿が消える。秋沢は周囲を探すが、ついに意を決して、渦を遡り始める。秋沢の姿が渦の中に消える。
登場人物たちが去り、真帆一人が残る。真帆が机に向かい、パソコンを打ち始める。

真帆　私がこれから書く物語は、私の兄が実際に経験した出来事だ。兄の名前は、秋沢里志。去年の初め、兄はロサンジェルスから五年ぶりに日本に帰ってきた。この物語は、成田空港の到着ロビーから始まる。二〇〇八年一月。

二〇〇八年一月、成田空港の到着ロビー。
秋沢がトランクを持ってやってくる。真帆が秋沢に歩み寄る。

真帆　お兄ちゃん、お帰り！
秋沢　ああ。
真帆　ああ、じゃないでしょう？　五年ぶりに会ったんだから、もう少し、気の利いたことを言いなさいよ。久しぶりだなとか、キレイになったなとか。
秋沢　俺は、嘘は嫌いだ。おまえとは昨日、電話で話をした。だから、別に久しぶりじゃない。それから、おまえの顔は五年前に比べて、加齢による劣化はあっても、質的な向上は全くない。つまり、キレイになってない。
真帆　はいはい、わかりましたよ。お兄ちゃんに、人としての優しさを求めた私がバカでした。

秋沢　人を機械みたいに言うな。わざわざ迎えに来てくれたことは、感謝してる。ありがとう。
真帆　最初から、そう言えばいいのに。荷物はそれだけ？
秋沢　ああ、残りは別便で送った。明日の午前中に届くはずだ。おまえ、部屋は片づけておいただろうな？
真帆　もちろん。昨日一日かけて、大掃除しておいた。
秋沢　大掃除が必要なほど、汚してたのか？
真帆　そんなことない。掃除は毎週、ちゃんとしてたよ。
秋沢　毎週？　掃除っていうのは、毎日するもんじゃないのか？
真帆　いいじゃない、今はピカピカなんだから。それでさ、お兄ちゃんに一つ、お願いがあるんだけど。
秋沢　どうせこのまま居候させろって言うんだろう。
真帆　どうしてわかった？
秋沢　俺のマンションなら会社も近いし、家賃も払わなくていい。おまえの考えそうなことだ。でもな、真帆。おまえももう若くない。いつまでも俺のスネをかじってないで、とっとと嫁に行け。相手がいないなら、長崎に帰って、見合いしろ。
真帆　そう言わずに、お願い。炊事洗濯は全部、私がやるから。
秋沢　掃除も毎日やるか？
真帆　もちろん。
秋沢　だったら、とりあえず、一年だけ許す。

真帆　サンキュー。（と秋沢とは別の方向を見る）
秋沢　どうした？　行くぞ。
真帆　うん、ちょっと。
秋沢　何だよ，ちょっとって。
真帆　（別の方向に向かって）紘未！　こっちこっち！
秋沢　紘未って、まさか。

そこへ、紘未が走ってくる。

紘未　お帰りなさい、里志さん。
秋沢　ああ。
真帆　また、ああ？　ねえ、お兄ちゃん、紘未はお兄ちゃんに会うために、ここまで来てくれたんだよ。うれしくないの？
秋沢　いや、別にそういうわけじゃないけど。
真帆　あ、でも、一応、断っておくけど、おかしな期待はしないでね。
秋沢　何だよ、おかしな期待って。
真帆　お兄ちゃんにとっては、感動の再会かもしれないけど、残念でした。紘未は、お兄ちゃんが留守の間に、結婚しちゃったの。
秋沢　結婚？　誰と？　いつ？

真帆　待って待って。そんなにいっぺんに聞いたら、答えられないでしょう？
秋沢　でも、俺、何も知らなかったから。（紘未に）でも、その、なんて言うか、おめでとう。
紘未　違うんです、里志さん。真帆、冗談はやめて。
秋沢　冗談？　何が？
紘未　私、結婚なんてしてません。今のは真帆の作り話です。
秋沢　（真帆に）おまえ、俺をからかったのか！
真帆　（吹き出して）ごめんごめん。でも、お兄ちゃん、動揺しすぎ。
秋沢　誰が動揺なんか。俺はただ、あまりに突然の話で、驚いただけで。
真帆　お兄ちゃんが素直にうれしいって言わないからよ。でも、安心して。紘未はお兄ちゃんの帰りをずっと待ってたの。五年間、ずっと。
秋沢　俺は、待っててくれとは言ってない。（と歩き出す）
真帆　待ってよ、お兄ちゃん！　お兄ちゃん！

秋沢が去る。

真帆　本当に素直じゃないんだから。
紘未　里志さん、ちょっと痩せたみたいね。
真帆　そうかな。でも、あの人、向こうで一人暮らしだったじゃない。ロクな物を食べてなかったんだと思うよ。

紘未　それだけならいいけど。

紘未が去る。

2

二〇〇九年五月、真帆のマンション。
真帆が机に向かい、パソコンを打ち始める。

真帆　子供の頃から機械いじりが得意だった兄は、大学院を卒業すると、住島重工の先端技術センターに就職した。そして、三年目にはロサンジェルスに派遣留学。これは、いわゆる出世コースに乗ったということだ。が、五年目に突然の帰国命令。しかも、帰国後は、元の職場じゃなくて、子会社に出向しろと言う。兄は何が何やらわからないまま、新たな勤務先に向かった。

二〇〇八年一月、Ｐ・フレックの会議室。
秋沢がやってくる。反対側から、野方耕市がやってくる。

野方　ようこそ、Ｐ・フレックへ。開発三課と四課の課長をしている、野方です。
秋沢　初めまして、秋沢です。

野方　ふーん。意外とまともそうじゃないか。
秋沢　どういう意味ですか？
野方　エリートってヤツは、自分が世界で一番偉いと思ってる。だから、どんなに物腰が丁寧でも、目はギラギラしている。しかし、君の目は至って、普通だ。
秋沢　僕はエリートじゃありませんから。
野方　謙遜するな。君はロサンジェルスに五年も行ってたんだろう。去年は、サイエンスに論文が載ったそうじゃないか。俺は読んでないが。
秋沢　本物のエリートなら、突然、帰国させられたり、子会社に出向させられたりしませんよ。
野方　ほう。君は、うちの会社に呼ばれたことが不服らしいな。
秋沢　正直言って、戸惑っています。Ｐ・フレックなんて名前は聞いたこともなかったので。
野方　先端技術センターが幕の内弁当の鮭の塩焼きだとしたら、Ｐ・フレックは昆布の佃煮だかららな。鮭は真ん中、昆布は隅っこだ。
秋沢　僕は別にこの会社をバカにしたわけじゃありません。本当に知らなかっただけで。
野方　わかった。俺が一から教えてやる。しかし、その前に、一つだけ約束してくれ。俺が話すことは、社外の人間には絶対に漏らさないこと。たとえ、家族であってもだ。
秋沢　ずいぶん、大袈裟ですね。何か、法律に触れるようなことをやってるんですか？
野方　法律には触れないが、世間を騒がすのは間違いない。だから、社員には徹底した守秘義務を課すことにしている。うちの会社の名前が知られていないのは、そのせいなんだよ。
秋沢　それで、Ｐ・フレックっていうのは、何をやっている会社なんですか？

野方　本社が扱わない、特殊な製品の開発だ。たとえば、俺が今、三課で開発しているのは、クロノス・ジョウンターという機械。いわゆる、タイムマシンだ。
秋沢　タイムマシン？
野方　君が次になんて言うか、当ててやろうか？　バカバカしい、だ。当たっただろう。
秋沢　ええ、まさにその通りです。
野方　部外者がそう思うのは当然だし、科学者としても極めて正常な反応だ。しかし、クロノス・ジョウンターは既に三人の人間を過去に送っている。
秋沢　まさか。
野方　信じられないだろうが、事実だ。君にもいずれ実験を見学させてやる。自分の目で見れば、いやでも認めざるを得ない。
秋沢　もしそれが本当なら、今の物理学を根底から覆す発明のはずです。なぜ成果を公表しないんです。
野方　俺もそうしたいんだが、まだいろいろ問題点があって。要するに、未完成なんだよ。
秋沢　とすると、僕はそのクロノス何とかの開発をするわけですか？
野方　いや、君には四課に行ってもらう。俺はクロノス・ジョウンターの改良が忙がしくて、四課まで手が回らない。だから、四課は課長代理の若月君に任せている。詳しい話は、若月君に聞いてくれ。君をロサンジェルスから呼び戻したのは、彼女だ。

野方が去る。

Ｐ・フレックの開発四課の実験室。
若月まゆみがやってくる。

若月　初めまして、課長代理の若月です。あなたが来るのを待ってたのよ。

秋沢　僕を帰国させたのは、あなたがそうですね。

若月　サイエンスに掲載された論文、読ませてもらった。「磁力による高効率内燃機関の可能性」、とってもおもしろかった。

秋沢　本当ですか？

若月　あなたの理論が正しければ、とてつもないパワーを生み出すエネルギー・システムが誕生する。でも、一つ聞きたいんだけど、そんな凄いものを、一体何に使うつもり？

秋沢　ロケットですよ。僕のシステムを搭載すれば、恒星間飛行も夢じゃない。

若月　ＮＡＳＡから共同開発のオファーは来た？

秋沢　今のところはまだ。

若月　そうでしょうね。今のアメリカは、経済と外交で手一杯。とてもじゃないけど、外宇宙を目指す余裕はない。でもね、私の研究には、あなたのシステムが必要なの。

秋沢　若月さんも野方さんみたいに、ＳＦまがいの機械を作ってるんですか？

若月　クロノス・ジョウンターのこと？　あれはけっしてＳＦ小説に出てくるような、荒唐無稽な機械じゃない。正真正銘のタイムマシンよ。ただし、野方さんの時間軸圧縮理論には、重大な欠点がある。

秋沢　でも、既に三人の人間を過去に送ったって言ってましたよ。
若月　過去に行くことは行けるけど、向こうには五分程度しか滞在できない。さらに、その五分が過ぎると、遠い未来へ弾き跳ばされてしまう。この二つの欠点をカバーしたのが、私の時間螺旋理論なの。

秋沢　時間螺旋理論？
若月　時の流れって言葉があるよね？　秋沢君はこの言葉を聞いて、どんな絵をイメージする？
秋沢　さあ。普通の人は川を思い浮かべるんじゃないですか？　過去から未来へ、真っ直ぐに流れていく大河です。

若月　やっぱりね。でも、それは間違いなの。真っ直ぐじゃなくて、螺旋なのよ。
秋沢　螺旋？
若月　あなた、「螺旋」て字は書ける？
秋沢　「旋」は「旋回飛行」の「旋」ですよね？　でも、「螺」は……。
若月　（ポケットから巻き貝を出して）虫偏に、田と糸を書いて、「螺」。巻き貝って意味よ。
秋沢　それ、いつも持ち歩いてるんですか？
若月　時間螺旋理論を説明するには、これを見せるのが一番早いの。いい？　時間は上から下に向かって、螺旋状に流れてる。この螺旋を後ろに向かって遡るのは非常に難しい。時間の流れに、すぐに押し戻される。でも、よく見て。後ろじゃなくて、すぐ上の部分にポンって飛び移れば、話は簡単じゃない。

秋沢　それはそうかもしれませんが、そんなことができますか？

若月　確かに、とてつもないパワーが必要でしょうね。だから、あなたに来てもらったのよ。あなたのシステムを、私のスパイラルに搭載するために。

秋沢　スパイラル？

若月　見て。これがクロノス・スパイラルよ。

若月が真帆のパソコンのキイを叩く。格子が開いて、クロノス・スパイラルが現れる。山野辺光夫・佐藤小百合がクロノス・スパイラルの整備をしている。

秋沢　ずいぶん、変わった形をしてますね。まるで、第一次大戦中の複葉機みたいだ。

若月　デザインしたのがミリタリーオタクでね。まあ、形はともかく、このクロノス・スパイラルに乗れば、三十九年前の過去に行ける。クロノス・ジョウンターのように、未来に弾き跳ばされたりはしない。向こうにそのまま居続けられる。

秋沢　でも、なぜ三十九年前なんです。十年前とか百年前には行けないんですか？

若月　時の流れは螺旋状だって言ったでしょう？　螺旋の一周がちょうど三十九年なのよ。

秋沢　三十九年前にしか行けない。行ったら、戻ってこられない。僕には、クロノス・ジョウンター並みの欠陥品としか思えませんね。

佐藤が秋沢に歩み寄る。

佐藤　ちょっと、あんた、今、なんて言った？　私のスパイラルが欠陥品だって？　すぐに取り消さないと、許さないよ。

秋沢　何ですか、あなたは？

若月　プログラマーの佐藤さん。こう見えても、コンピューターを触らせたら、Ｐ・フレック随一なのよ。

秋沢　（佐藤に）僕は、僕の考えを正直に言っただけだ。取り消すつもりはない。

若月　一応、言っておくけど、佐藤さんは空手の有段者なの。だから、喧嘩もＰ・フレック随一。

秋沢　（佐藤に）僕は、暴力には屈しない。取り消してほしかったら、論理で説得したまえ。

佐藤　あんたの言葉は、漢字ばっかりでわかりにくいんだよ。日本人なら、平仮名でしゃべれ。

山野辺　（整備しながら）やめろよ、佐藤。そんな頭でっかちに、俺のスパイラルの凄さはわからない。話をするだけ、無駄だ。

秋沢　（若月に）あの人は？

若月　エンジニアの山野辺君。スパイラルをデザインした人よ。

秋沢　噂のミリタリーオタクですか。山野辺さん、こいつのモデルはビッカース・ビミーでしょう？　世界で初めて大西洋を横断した飛行機ですよね？

山野辺が秋沢に歩み寄る。

山野辺　あんた、ビッカース・ビミーを知ってるのか？

秋沢　ええ。でも、僕はオタクじゃありませんよ。単なる飛行機好きです。
山野辺　しかし、一目で見抜くとは大したもんだ。見直したぜ。
佐藤　山野辺さん、ひどい。秋沢が偉そうな口を叩いたら、スパナでぶん殴ってやるって言ってたくせに。
山野辺　（秋沢に）今日のところは勘弁してやる。
秋沢　（若月に）これが開発四課のメンバーですか。変わった人ばっかりですね。
若月　でも、能力は最高よ。じゃ、詳しい話はお昼でも食べながら。

若月・秋沢・山野辺・佐藤が去る。格子が閉じる。

3

二〇〇九年五月、真帆のマンション。
真帆がパソコンを打ち始める。

真帆　兄が飛行機好きと言ったのは本当だ。そもそもの始まりは、小学一年の夏休み。近所の空き地で、上級生が作ったゴム動力の模型飛行機を見て、すっかり心を奪われてしまった。すぐに父にねだって買ってもらい、自分の手で作った。私は兄の四つ下で、その時、三歳。私の一番古い記憶は、兄の飛行機が空き地に墜落していくところだ。そして、兄の泣き顔。

二〇〇八年二月、秋沢のマンション。
秋沢がやってくる。真帆が秋沢に歩み寄る。

秋沢　ただいま。
真帆　お帰り。夕御飯は食べてきた？
秋沢　いや、まだだ。スパゲティか何か作ってくれ。

真帆　もう十一時だよ。こんな時間まで、食事抜きでよく働けるね。今度の会社、そんなにおもしろいの？
秋沢　バカ。俺は仕方なく付き合ってやってるだけだ。
真帆　どんな研究をしてるの？
秋沢　守秘義務があるから、教えられない。ただ一つだけ言えるのは、とてつもなくバカげた研究だってことだ。
真帆　だから、毎晩、不機嫌な顔で帰ってくるのか。
秋沢　俺は子供の頃から、こういう顔だ。
真帆　だから、子供の頃から、友達が少ないんだよ。
秋沢　余計なお世話だ。早くスパゲティを作れ。
真帆　たまには、気分転換でもすれば？　映画とか、遊園地とか。
秋沢　三十過ぎの男が一人でディズニーランドに行けると思うか？
真帆　だったら、紘未を誘えばいいじゃない。
秋沢　紘未？　どうして。
真帆　あれから、紘未に連絡した？
秋沢　するわけないだろう。
真帆　携帯の番号は変わってないよ。それとも、番号がわからなくなった？
秋沢　いいか、真帆、俺はロサンジェルスに行く前に、あいつと別れたんだ。つまり、今は赤の他人なんだ。

真帆　で、その後、誰か好きな人はできたの？　できるわけないよね。お兄ちゃんは紘未が嫌いになって、別れたわけじゃない。だから、紘未が忘れられなかったんでしょう？
秋沢　それは違う。俺はあいつより研究を取ったんだ。向こうにいる間も研究が忙しくて、あいつのことは滅多に思い出さなかった。
真帆　今、滅多にって言った？　ということは、たまに思い出してたんじゃない。
秋沢　この話はこれで終わりだ。頼むから、スパゲティを作ってくれ。この通りだ。（と頭を下げる）
真帆　紘未も同じよ。お兄ちゃんのことが忘れられなかった。だから、勇気を出して、空港に来た。今度はお兄ちゃんの番よ。
秋沢　勝手なことを言うな。あいつが来たのは、おまえが無理やり呼びつけたからだろう。なあ、真帆。俺は今、新しい職場に慣れるのに手一杯なんだ。余計なお節介はやめてくれ。
真帆　余計なお節介とは何よ。私がどれだけお兄ちゃんのことを心配してるか、わかってるの？
秋沢　おまえが心配してるのは、俺じゃなくて、紘未だろう。いいから、俺のことは放っておいてくれ！
真帆　……スパゲティ、自分で作って。
秋沢　悪かったよ、大きな声を出して。
真帆　お兄ちゃんて、いつもそう。都合が悪くなると、すぐに怒鳴って。私は本当にお兄ちゃんのことを心配しているのに。
秋沢　だから、悪かったって言ってるだろう。

真帆　本当に反省してる？
秋沢　ああ。だから、スパゲティは作ってくれるよな？
真帆　いいよ、作るよ。そのかわりに、来週の木曜日、食事をご馳走して。
秋沢　別に構わないけど、どうして明日じゃなくて、来週の木曜日なんだ？
真帆　今、どうしてって言った？
秋沢　え？　何か特別な日だっけ？
真帆　かわいい妹の誕生日を忘れるな、バカ！

真帆が机に向かう。
二〇〇八年二月、馬車道ホテルのレストラン。
紘未がやってくる。

紘未　里志さん！
秋沢　え？　どうして君がこのホテルに？
紘未　私は、真帆と二人で食事をするために。
秋沢　俺もあいつと二人で……。あのバカ、騙しやがったな。
真帆　（パソコンを打ちながら）ザマアミロ。

そこへ、ウェイターがやってくる。

ウェイター　ご予約ですか？
紘未　ええ、二名で予約した、梨田です。
ウェイター　ああ、梨田さんのお嬢様ですね？　こちらのお席へどうぞ。
秋沢　いや、僕らはここに来たのは、性悪女に騙されたからで——
紘未　せっかくだから、食べていかない？
秋沢　え？　ああ、そうだな。せっかくだから。

秋沢・紘未が椅子に座る。ウェイターが二人にメニューを渡す。

ウェイター　ただいま、水をお持ち致します。

ウェイターが去る。

紘未　（秋沢に）このホテル、私の父が勤めていたホテルなの。
秋沢　そう言えば、君のお父さんはホテルの支配人だって言ってたな。今は別のホテルに移ったの？
紘未　ううん。去年、心不全で亡くなったの。
秋沢　何だって？（とメニューをテーブルに置く）

そこへ、ウェイターがコップを二つ持ってくる。

ウェイター （コップをテーブルに置きながら）ご注文はお決まりになりましたか？

秋沢 いや、まだです。（とメニューを持つ）

ウェイター 失礼致しました。

ウェイターが去る。

秋沢 （紘未に）知らなかった。真帆のやつ、そんなこと、一言も。

紘未 いいのよ。だって、里志さん、一度も会ってないでしょう？　亡くなった人の話はこれでおしまい。今日は真帆の誕生日なんだから。

秋沢 真帆も今日で二十九か。子供の頃は、二十九の女なんて、完全におばさんだと思ってたな。

紘未 私も二十九なんですけど。

秋沢 わかってるよ。でも、君は変わらないな。いくつになっても、初めて会った時のままだ。

紘未 あの時、私は十九だったのよ。お世辞にしても、無理があるでしょう。

秋沢 どうして結婚しなかったんだ？

紘未 里志さんは？

秋沢 俺は研究が忙しかったから。（とメニューをテーブルに置く）

そこへ、ウェイターがやってくる。

ウェイター　ご注文はお決まりになりましたか？

秋沢　まだです。決まったら、決まったって言いますから。（とメニューを持つ）

ウェイター　承知致しました。

ウェイターが去る。

秋沢　（紘未に）俺のことより、君のことだ。五年の間に、誰かいい人と出会わなかったのか？

紘未　正直に言うと、好きになりかけた人はいた。でも、どうしても、里志さんと比べちゃって。

秋沢　俺よりいい男なんて、いくらだっているだろうに。

紘未　うん。あなたより優しい人はいっぱいいる。あなたより楽しい人も、気持ちが安らぐ人も。でも、私は、自分が尊敬できる人じゃないとダメなの。

秋沢　俺はそんな立派な人間じゃないよ。

紘未　そんなことない。だって、あなた、いつも言ってたじゃない。俺は、世界の歴史を変えるような発見がしたいって。そのために、毎日遅くまで研究室に籠もって、デートの約束も平気ですっぽかして。

秋沢　そのたびに、ちゃんと謝ったじゃないか。

紘未　彼氏としては勝手だったけど、人間としては凄い人だと思ってた。本当よ。
秋沢　買いかぶりだよ。俺程度の研究者なんて、アメリカに行けばゴロゴロいる。五年の間で、いやと言うほど思い知らされた。世界の歴史を変えるような発見？　そんなの、俺には無理だ。

紘未　だから、日本に帰ってきたの？
秋沢　会社に呼び戻されたんだ。サイエンスに載った論文が全然評価されなくて。で、会社としても、これ以上は無駄だと判断したんだろう。帰国してすぐに、子会社に出向させられた。しかも、ＳＦまがいの機械を作っている会社に。俺の研究者としての未来は、もう終わったんだ。

紘未　信じられない。あなたがそんなことを言うなんて。
秋沢　ガッカリしただろう？　でも、俺はこの程度の男だったんだよ。
紘未　私は信じない。あなたがそんなに簡単に諦めるわけない。
秋沢　俺だって、諦めたくはないさ。
紘未　もし諦めたら、私が許さない。私はあなたに夢を実現してほしかった。だから、別れる決心をしたの。それなのに、たったの五年で負けを認めるなんて、そんな情けないこと、絶対に言わせない。

秋沢　紘未……。
紘未　その論文って、本当にダメだったの？　これ以上、研究は続けられないの？
秋沢　俺はそう思ってたんだけど、今度の上司は違うらしい。おもしろかったって褒めてくれた。
紘未　だったら、まだ望みはあるじゃない。支持してくれる人がいるんだから。

秋沢　でも、たった一人だ。
紘未　二人よ。その上司って人と、私。
秋沢　君は論文を読んでないだろう。
紘未　読んでないけど、わかるの。あなたならきっと大丈夫だって。
秋沢　世界の歴史を変えるような発見か。
紘未　そうよ。
秋沢　でも、俺は単細胞だから、二つのことが同時に考えられない。研究に夢中になったら、また君のことを忘れてしまう。俺には君を幸せにできない。

紘未　研究が一番で、私は二番なの？
秋沢　そうだ。
紘未　でも、人間の中では一番なのね？
秋沢　理屈ではそうなるな。
紘未　だったら、それでも構わない。でも、私があなたを幸せにすることはできないかな？
秋沢　理屈では可能だね。え？
紘未　それなら、そばにいてもいいのね？
秋沢　……紘未、正直に言う。俺は今でも君が好きだ。誰よりも。だから——
紘未　はい、喜んで！
秋沢　まだ言ってない！
紘未　じゃ、その後は？

秋沢　紘未、五年も待たせて悪かった。結婚しよう。
紘未　（笑顔で頷く）
秋沢　（ウェイターに）すみません、注文をお願いします。

そこへ、ウェイターがシャンパンとグラスを持ってくる。

ウェイター　お待たせ致しました。
秋沢　え？　シャンパンなんて頼んでませんけど。
ウェイター　（グラスをテーブルに置きながら）先程、お帰りになったお客様がお持ちしろと。あ、会計はその方が済ませていかれましたので、お気になさらずに。
秋沢　誰だろう、気味が悪いな。
ウェイター　（シャンパンを注ぎながら）おそらく、お客様のお話をお聞きになっていたのだと思います。失礼ですが、お客様のお声は舞台俳優のように大きくて、私の耳にもしっかり届いておりました。ご婚約、おめでとうございます。
秋沢　ありがとうございます。
紘未　せっかくだから、ご馳走にならない？
秋沢　そうだな。せっかくだから。

秋沢・紘未が乾杯する。二人が去る。ウェイターも去る。

4

二〇〇九年五月、真帆のマンション。
真帆がパソコンを打ち始める。

真帆　私が紘未と初めて会ったのは、大学の入学式。偶然、隣の席に座ったのだ。話をしてみると、紘未も私と同じ英文科。一カ月も経たないうちに、私たちは親友になっていた。長崎から出てきた私は、兄のマンションに居候していた。兄に紘未を紹介した時、兄は柄にも似合わず、真っ赤になった。間違いない。兄の未来はあの時、決まったのだ。

二〇〇八年三月、広川製縫の社長室。
紘未がやってくる。反対側から、広川圭一郎がやってくる。

広川　梨田紘未君だね？　君と話をするのは初めてだったな。
紘未　ええ。でも、社長のお姿はたまに社員食堂でお見かけしています。
広川　そうか、そうか。君たち社員は、社長が社員食堂に来るなと思うかもしれないがね。私に

広川　は信念があるんだ。会社を大きくしたかったら、社員にうまいものを食わせろ。まずいものを食わせておいて、いい仕事をしろとは言えないからな。で、常日頃から、味をチェックしてるんだよ。
紘未　それで、いろんな定食をいっぺんに？
広川　私は本当は小食なんだがね。会社のためだ。我慢して、食ってるよ。まあ、飯の話は置いといて、今日は君に折入って、相談があるんだ。
紘未　私、何かしたんでしょうか？
広川　いやいや、君に落ち度は何もない。部長の大内君から、評判は聞いてるよ。去年のクリスマスの宣伝は君の企画だったそうじゃないか。
紘未　原案だけです。部長のアドバイスがなかったら、途中で挫けてました。
広川　しかし、結果は見事だった。これも、社員食堂のおかげかな？　まあ、飯の話は置いといて、君は六月に結婚するそうだね？
紘未　ええ。でも、どうしてそれを？
広川　おめでたい話はあっと言う間に広がるものだよ。いや、おめでとう。
紘未　ありがとうございます。
広川　で、突然なんだが、君に頼みたいことがある。結婚式の前に、我が社の会長に会ってほしいんだ。
紘未　会長に？
広川　名前は楠本憲一。まあ、会長と言っても、名前だけでね。経営には一切関知していない。

というのも、もう三十年も前になるかな。我が社が経営不振に陥ったことがあってね。その時、いきなり電話してきて、莫大な資金援助をしてくれたんだ。おかげで、我が社は何とか息を吹き返した。で、こちらから、会長になってほしいとお願いしたのさ。で、その楠本さんが君にぜひ会いたいと言ってるんだ。

紘未　どうして私に？

広川　楠本さんは君に並々ならぬ関心があるらしい。それは、君が我が社に入社する前からの話なんだよ。

紘未　どういうことですか？

広川　君が入社試験を受けた時、いきなり楠本さんに呼びつけられてね。ぜひ合格させてやってほしいと頼まれたんだ。

紘未　それじゃ、私は実力で入ったんじゃなくて——

広川　誤解しないでくれ。君は実力で入ったんじゃなくて——君は筆記も面接も抜群だった。楠本さんに頼まれなくても、必ず合格していたはずだ。

紘未　でも、どうして会長さんはそんなことをなさったんでしょう。私、会長さんには一度もお会いしたことがないんです。

広川　もちろん、私も聞いてみたよ。一体、どういう関係ですか、と。しかし、楠本会長は教えてくれなかった。とにかく頼む、の一点張りで。これもいい機会だ。君から直接聞いてみたまえ。じゃ、会うということでいいね？

紘未　ちょっと待ってください。私、何だか、怖くて。

広川　いやいや、楠本さんはけっして怪しい人じゃない。我が社だけでなく、様々な会社に出資している、個人の投資家だ。お宅は石川町にある。もちろん、私も一緒に行く。だから、頼む。
紘未　それは社長命令ですか？
広川　違う。ただ、楠本さんは私の人生の恩人なんだ。その人の頼みを無下に断るわけには行かない。梨田君、この通りだ。（と頭を下げる）
紘未　わかりました。でも、少しだけ、考える時間をいただけませんか？
広川　構わないよ。しかし、楠本さんはできるだけ早くと言っていた。答えは一週間以内に出してくれ。

楢原邸の応接間。
メイド・秋沢がやってくる。

メイド　こちらでお待ちください。

メイドが去る。秋沢・紘未・広川が椅子に座る。

紘未　里志さん、外で待ってるんじゃなかったの？
秋沢　いや、一人になったら、急に心配になっちゃって。だって、この家、表から見ると、まる

広川　でお化け屋敷じゃないか。君の身に何かあったらと思うと、いても立ってもいられなくなって。

秋沢　楠本さんは幽霊でも妖怪でもない。おとなしく、外で待っていたまえ。

広川　でも、もう入ってきちゃったから。それにしても、広い家ですね。一体、何部屋あるんだろう。

紘未　二十ぐらいじゃないかな。楠本さんは絵を描くのが趣味でね。二階には、大きなアトリエもある。

広川　どんな絵をお描きになるんですか？

紘未　ほう、君も絵が好きなのか？

広川　私は見るだけですけど。

　　　残念ながら、一度も見せてもらったことはない。楠本さんが、人に見せるために描いてるわけじゃないと言うんで。

　　　メイドがティーカップを三つ持ってくる。

メイド　女の人の絵ですよ。

広川　え？

メイド　（ティーカップをテーブルに置きながら）私もチラッと見ただけですけど、今は女の人の絵をお描きになっています。若くて綺麗な。

広川　楠本さんも隅に置けないな。いい年をして、愛人でもできたのか？

メイド　さあ。でも、私の見間違いでなければ、そちらの方によく似ていました。

秋沢　紘未に？

そこへ、柿沼純子がやってくる。

純子　（メイドに）余計なおしゃべりをしてないで、下がりなさい。

メイド　申し訳ありませんでした。

メイドが去る。

純子　お久しぶりです、広川さん。

広川　いやいや、こちらこそ。お約束通り、梨田紘未君を連れてきましたよ。梨田君、こちらは楠本さんの秘書をなさっている――

純子　そちらの方は？

広川　あ、彼は梨田君の婚約者です。家の前までという約束でついてきたんですが。

秋沢　（純子に）初めまして、秋沢里志です。

純子　お引き取りください。

秋沢　招待されてもいないのに、押しかけたのは謝ります。でも、僕は紘未が心配で。

純子　聞こえませんでしたか？　私は、お引き取りくださいと言ったんです。
紘未　私が、一緒に来てって言ったんです。一人じゃ、不安だったから。
広川　（純子に）互いを思いやる心と心。実に美しいじゃないですか。ここは一つ、大目に見てやってください。で、楠本さんは？　またアトリエですか？

純子　奥の寝室です。広川さん、楠本は今、体調を崩しております。申し訳ありませんが、会うのは梨田さん一人にさせてください。
広川　そうですか。それは残念だな。
純子　それでは、梨田さん、こちらへどうぞ。
秋沢　僕も行きます。
広川　秋沢君、やめたまえ。
秋沢　（純子に）僕は何もしゃべりません。それなら、別に邪魔にはならないでしょう？
純子　よくそんなことが言えますね。そもそも、あなたにはこの家の中に入る資格さえないんですよ。梨田さんが戻るまで、ここで静かに待っていてください。

秋沢　紘未、帰ろう。
紘未　でも――
秋沢　いくら病気だからって、君にしか会わせないのはおかしい。きっと何か企んでるんだ。
紘未　企んでるって、何を？
秋沢　わからない。でも、このまま君を行かせたら、二度と会えなくなる気がするんだ。
広川　考えすぎだよ、秋沢君。楠本さんはただ話がしたいだけで――

秋沢　悪いけど、信じられません。行こう、紘未。

秋沢が紘未の手をつかみ、歩き出す。

純子　待ってください、梨田さん。楠本は、この日をずっと待っていたんです。あなたにもう一度、会える日を。

紘未　それじゃ、私は前にも会長さんにお会いしてるんですか？

純子　ええ、あなたは覚えてないかもしれませんが。

紘未　……わかりました。私一人でお会いします。

秋沢　紘未。

紘未　（秋沢の手を握って）大丈夫。必ず戻ってくるから。

紘未・純子が去る。反対側へ、秋沢・広川も去る。

5

二〇〇九年五月、真帆のマンション。
真帆がパソコンを打ち始める。

真帆 二〇〇八年六月、兄と紘未は結婚した。式は兄の希望で、家族や友人の前で愛を誓う、人前結婚式になった。理系の人間は、神様の存在を認めないのだ。会場は、海の見えるレストランの庭。いわゆる、ガーデン・ウェディングというやつだ。天気が良ければ、最高の式になっていただろう。しかし、当日は雨だった。

二〇〇八年六月、レストランの庭。
礼服を着た人々が傘を差してやってくる。テーブルや椅子を並べる。テーブルにテーブルクロスをかけ、花を飾る。そこへ、タキシードの秋沢、ウェディングドレスの紘未がやってくる。人々が拍手する。紘未がブーケを投げる。佐藤がキャッチする。

佐藤 やりー！

若月　佐藤さん、そのブーケ、私に譲って。
佐藤　いやです。
若月　（ブーケをつかんで）お願い！
佐藤　いやです！
野方　まあまあ、おめでたい席で、醜い争いをするな。こいつは俺が預かっておく。（と二人の手からブーケを取る）
佐藤　そう言って、自分のものにするつもりじゃないでしょうね？
野方　俺は今年で三十七だぞ。おまえや若月君より、優先権がある。
佐藤　そんなの、認めません。ねえ、若月さん？
若月　（野方に）よこせ。
野方　若月君、顔が怖いよ。それじゃ、美人が台無しだ。

山野辺が野方の手からブーケを取って、走り去る。野方・若月・佐藤が「山野辺！」と叫びながら、後を追って走り去る。他の人々も去る。

真帆　新婚旅行は、紘未の希望でイタリアへ行った。兄はどこでもよかったらしい。理系の人間は、自分の興味のないことは全く気にしないのだ。絵が好きな紘未は、ダ・ヴィンチやミケランジェロの作品を片っ端から見て回った。そして、ナポリのカメオ工房で。

カメオ工房。
秋沢がやってくる。反対側から、店員がやってくる。

秋沢　（英語で）すみません、あなたは英語が話せますか？
店員　（イタリア語で）あ、ダメダメ。ここはイタリアなんだから、イタリア語で話してくれ。
秋沢　参ったな。僕はジュゼッペ・ペルニーチェのカメオを探してるんですがね。
店員　（イタリア語で）わからないやつだな。イタリア語で話せって言っただろう。
秋沢　イタリア語で話せって言ったのかな。……チャオ。
店員　チャオ。
秋沢　ヴォレイ、カメオ、ジュゼッペ・ペルニーチェ。
店員　（イタリア語で）あんた、ジュゼッペ・ペルニーチェのカメオがほしいのか？　悪いけど、今はないんだ。彼は今、病気で入院していてね、もう一年以上も新しいのを作ってないんだよ。

そこへ、紘未がやってくる。

紘未　どう？
秋沢　この店にもないらしい。他の人のじゃダメなのか？
紘未　どうしてもジュゼッペのがほしいの。日本じゃなかなか手に入らないのよ。

店員がカメオがいくつか入ったガラスケースを持ってくる。

店員　（イタリア語で）お嬢さん、こっちのカメオはどうだい？　ジュゼッペのカメオより、出来がいいよ。

秋沢　（紘未に）カメオなんて、どれも同じに見えるけどな。

紘未　わかってないな。シェルカメオは貝殻を彫って作るのよ。この世に同じ貝殻はない。色や形が微妙に違う。だから、同じカメオも絶対にないの。

店員　（イタリア語で）これなんか、お嬢さんにお似合いだよ。

秋沢　（紘未に）でも、どうしてジュゼッペなんだ？

紘未　亡くなった父が、結婚する前に母にプレゼントしたの。でも、一年もしないうちに失くしちゃった。父はもちろん許してくれたけど、今でも心に引っかかってるんだって。

秋沢　それじゃ、君はお母さんのために。

紘未　ううん。一つは母のため、もう一つは私のため。

秋沢　二つも買うつもりなのか？　俺の給料がいくらか知ってるくせに。

紘未　私は絶対に諦めない。もう一軒、探しに行こう。（と歩き出す）

秋沢　（店員に）お邪魔しました。（と歩き出す）

店員　何も買わないのか？　日本人のくせにケチだな。

秋沢　（振り返って）話せるのか、日本語？

秋沢・紘末が去る。店員も去る。

真帆　日本に帰った二人は、兄のマンションで新婚生活のスタートを切った。当然、私は追い出された。一人暮らしは、安月給の身には辛い。そこで、食費を浮かすために、新婚家庭に遊びに行くことにした。

秋沢のマンション。
秋沢がやってくる。真帆が秋沢に歩み寄る。

秋沢　ただいま。
真帆　お帰りなさい。
秋沢　おまえ、ここで何をしてる。
真帆　決まってるでしょう？　新婚生活がうまく行ってるかどうか、様子を見に来たのよ。
秋沢　おかげさまで、喧嘩一つしたことがない。要するに、アツアツだ。黒焦げになりたくなかったら、とっとと帰れ。
真帆　それはおかしいな。アツアツだったら、もっと早く帰ってきてもいいはずじゃない？
秋沢　今日は残業だったんだよ。
真帆　紘末に聞いたよ。日本に帰ってきた次の日から、ほとんど毎日、残業してるんだって？

お兄ちゃん、紘未がかわいそうだとは思わないの？

そこへ、紘未がやってくる。

紘未　(秋沢に）お帰りなさい。
真帆　紘未、あなたからも言ってやりなさいよ。もっと私を大切にしろって。
紘未　私は今のままで十分幸せ。だって、里志さん、やっとやる気になってくれたんだもの。
真帆　仕事に？　でも、結婚する前は、会社の悪口ばかり言ってたのに。
秋沢　紘未に怒られたんだよ。自分の夢を諦めるなって。
真帆　ということは、紘未のおかげで、やる気になったのね？　紘未、あなたはまさに山内一豊の妻よ。
秋沢　昔の話をするな。
紘未　里志さん、ご飯にする？　お風呂にする？
秋沢　ごめんな。今日は俺の当番なのに。
紘未　いいのよ。私は定時に終わったから。で、どっちにする？
秋沢　先に飯にしよう。ん？　この匂いはすきやきだな？　俺、すきやきに入ってるしらたきが大好物なんだよ。
真帆　私も一緒に作ったのよ。
秋沢　ご苦労。じゃ、気をつけて、帰れよ。お休み。

真帆　ちょっと、私も食べさせてよ！

秋沢・紘未が去る。

真帆　一応、兄のために弁護しておくと、残業した次の日の朝食は、必ず兄が作った。掃除も洗濯も、当番の日はキッチリやった。理系の人間は、自分で決めたことはキッチリやらないと気が済まないのだ。そして、半年後。

二〇〇八年十二月、P・フレックの開発四課の実験室。
秋沢がやってくる。反対側から、山野辺・佐藤がやってくる。

山野辺　秋沢さん、聞いたかい？　クロノス・ジョウンターの開発が中止になったんだってさ。
秋沢　本当か？
佐藤　住島重工の取締役会で正式に決まったんだそうです。
秋沢　信じられないな。昨日の布川君の実験は成功したんだろう？
山野辺　ああ、布川は無事に四年前に着いたらしい。新開発のパーソナル・ボグで、向こうに一日半も滞在したんだ。で、三十五年後に弾き飛ばされた。
佐藤　（秋沢に）せっかく過去に行っても、すぐに未来に弾き飛ばされる。そんな機械を製品化しても、売れる見込みは全くない。これが中止の理由だそうです。

秋沢　野方さん、落ち込んでるだろう？

佐藤　いい気味ですよ。あの人、課長のくせに、全然顔を出さないでしょう？　腹の中では、スパイラルなんて、どうでもいいと思ってるんです。中止になって、ザマアミロよ。

秋沢　おいおい、野方さんの前で、そんなこと言うなよ。

そこへ、野方・若月がやってくる。

野方　既に噂で耳にした者もいるだろうが、本日付けでクロノス・ジョウンターの開発が中止になった。しかし、四課には何の影響もない。引き続き、クロノス・スパイラルの開発に努力してほしい。

若月　でも、あんまりのんびりはしていられません。一日も早く、結果を出さないと、こっちも中止になるかも。

秋沢　大丈夫ですよ、若月さん。今の調子なら、半年もあれば十分です。半年後には、僕らのスパイラルは完成します。

野方　大した自信だな。初めてうちの会社に来た時は、まるで島流しになったみたいに、落ち込んでたのに。

秋沢　実際、そう思ってましたからね。でも、今は充実しています。野方さん、あなたの夢は、僕らが必ず実現してみせます。

野方　秋沢、キレイな嫁さんがもらえたからって、図に乗るなよ。

佐藤　まあまあ、野方さんだって、いつかはキレイなお嫁さんがもらえますよ。
山野辺　野方さんの前に、俺がもらいますけどね。
野方　山野辺、ブーケを手に入れたからって、図に乗るなよ。

秋沢・野方・若月・山野辺・佐藤が去る。

真帆　たったの一年で、兄はすっかり変わった。それはまるで、渇ききった大地に雨が降り、川が流れ、緑豊かな草原になったかのよう。雨をもたらしたのは、もちろん、紘未だった。そして、五カ月後。

二〇〇九年五月、秋沢のマンション。
秋沢がやってくる。反対側から、紘未がやってくる。

秋沢　ただいま。
紘未　お帰りなさい。あのね——
秋沢　夕食は食べてない。でも、その前に、風呂に入ってくる。沸いてるんだろう?
紘未　ええ。あのね——
秋沢　そうだ。うちの課の山野辺が結婚するんだってさ。やっぱり、ブーケを手に入れたヤツは、結婚が早くなるんだな。

紘末　そうね。それより、あのね――
秋沢　わかってるよ。明日は君の誕生日だろう？　プレゼント、期待してろよ。

秋沢が去る。

紘末　自分ばっかり話をしないで、私の話を聞いてよ。私、明日、病院に行こうと思ってるの。昨夜から、ずっと気分が悪くて。それでね、もしかしたらと思って、薬に買ってきたの。で、試してみたら、陽性だったの。ねえ、聞いてる？　私、赤ちゃんができたみたいなの。

そこへ、秋沢が走ってくる。

秋沢　本当か、紘末？
紘末　喜んでくれる？
秋沢　当たり前じゃないか。やったな、紘末！（と紘末を抱き締めて）でも、明日は大事な実験があって、休めないいんだ。
紘末　大丈夫。病院には一人で行ってくるから。結果がわかったら、すぐにメールするからね。
秋沢　ああ、期待して、待ってる。

秋沢・紘末が去る。

6

二〇〇九年五月、真帆のマンション。
真帆がパソコンを打ち始める。

真帆 兄はとりたてて子供が好きというわけではなかった。好きだったのは紘未の方で、結婚前から早くほしいと言っていた。道で親子連れと擦れ違うたびに、紘未は目を細めた。その顔を見ているうちに、兄の気持ちも変わっていったのだろう。一日も早く、紘未を母親にしてやりたいと。要するに、兄は紘未の喜ぶ顔が見たかっただけなのだ。

二〇〇九年五月、P・フレックの開発四課の実験室。
野方・若月がやってくる。

野方 それで、スパイラルで跳ばした物は、どこに到達するんだ？
若月 まさか、資料を読んでないんですか？　やっぱり、野方さんはスパイラルに興味がないんですね。

野方　そうじゃない。三課は一月から、波動発電機の開発を始めただろう。それがなかなかうまく行かなくて。
若月　言い訳は結構です。スパイラルには、到達地点を選択する機能はまだありません。だから、ここ。三十九年前、Ｐ・フレックがあった場所に到達します。
野方　そいつは不便だな。クロノス・ジョウンターは、世界中どこへでも跳ばすことができたぞ。
若月　でも、布川君は一日半しか滞在できなかったんですよね？
野方　しかし、場所が選べないのは危険じゃないか？　三十九年前、ここには何があったんだ。
若月　畑です。だから、何かにぶつかって、大事故になる可能性はありません。

若月がパソコンのキイを叩く。格子が開いて、クロノス・スパイラルが現れる。山野辺・佐藤が整備をしている。

若月　佐藤さん、チェックはできた？
佐藤　あとちょっとです。
野方　おいおい、実験開始は十時の予定だぞ。そんな調子で間に合うのか？
山野辺　念には念を入れてやらないとな。どこかの機械みたいに、開発中止にはなりたくないから。
野方　何だと？

そこへ、秋沢が段ボール箱を持ってやってくる。

秋沢　若月さん、これ、そろそろセルに入れますか?
野方　ほう、それが今回のタイムトラベラーか。(と箱の中からカボチャを取り出して)これは何だ。
秋沢　カボチャです。
野方　そんなことはわかってる。俺が聞きたいのは、なぜこんなものを跳ばすのかってことだ。
秋沢　たとえば、携帯電話を跳ばしたとしましょう。そんなものが三十九年前の人間に発見されたら、どうなります?
野方　オモチャだと思うんじゃないか?
秋沢　でも、もしそれが機械に詳しい人間だったら、分解して、中身を調べるかもしれない。当時は、液晶画面もICチップも発明されてなかった。その価値に気づいて、家電メーカーに持ち込まれたりしたら、歴史が変わってしまう。その点、カボチャは三十九年前にもあった。
野方　しかし、なぜスイカでもメロンでもなくて、カボチャなんだ。
若月　三十九年前、ここはカボチャ畑だったんです。
野方　納得。(とカボチャを箱に入れる)
佐藤　若月さん、チェックが完了しました。
若月　ご苦労様。じゃ、そろそろ実験を開始しましょう。秋沢君、カボチャをセルに入れて。山野辺君、データを読み上げて。

秋沢がセルに段ボール箱を入れる。山野辺がパソコンのキイを叩く。

山野辺 目標時刻は一九七〇年五月十五日午前十時。
野方 俺はまだ生まれてなかったな。一九七〇年て、何があった年なんだ。
佐藤 私、ネットで調べました。一九七〇年は、大阪で万国博覧会が開かれた年です。で、五月十五日はスウェーデンのナショナルデー。
野方 何だよ、ナショナルデーって。
佐藤 スウェーデンの国王が来日して、握手会をやったんです。嘘です。
野方 佐藤、コンピューターに詳しいからって、図に乗るなよ。
山野辺 若月さん、午前十時まで、あと十秒だぜ。
若月 わかった。カウントダウンを始めて。
山野辺 五、四、三、二、一。

山野辺がパソコンのキイを叩く。クロノス・スパイラルが回転を始める。轟音を発し、煙を吹き出す。
若月・山野辺・佐藤がセルに駆け寄る。

若月 どう、山野辺君?
山野辺 (セルの中を覗いて)失敗だ。過去に跳ばす前に、止まっちまったらしい。

若月　どうして？　私の計算が間違ってたっていうの？（とセルの中を覗いて）ひどい……。

佐藤　（セルの中を覗いて）まるで、カボチャのスープをぶちまけたみたい。

野方　（笑って）こいつはいい。二年もかけて作った物が、巨大なミキサーに過ぎなかったってわけだ。

山野辺　何だと？

山野辺が野方に殴りかかる。秋沢が山野辺を止める。

秋沢　やめろ、山野辺！

山野辺　放せよ、秋沢さん。あんた、あんなことを言われて、悔しくないのか？

秋沢　悪いのは俺だ。エネルギーの発生量が目標値の半分までしか行かなかった。だから、途中で停止したんだ。

電話が鳴る。

若月　実験中はかけないでって言っておいたのに。（と受話器を取って）はい、若月です。……は？　……はい、……はい、今、代わります。秋沢君、あなたに外線だって。（と受話器を差し出す）

秋沢　すみません、たぶん、家内だと思います。（と受話器を取って）紘未か？………え？　……

若月　はい、……はい、わかりました。すぐに行きます。（と受話器を置く）
秋沢　どうしたの、秋沢君？
家内が事故に遭ったみたいで。すみませんが、病院に行きます。

若月・野方・佐藤・山野辺が去る。格子が閉じる。
横浜大学付属病院の救急救命センターの前の廊下。
婦警がやってくる。

婦警　秋沢紘未さんのご主人ですか？
秋沢　そうです。紘未は今、どこに？
婦警　今、そこの救急救命センターに運び込まれたところです。初期治療が終わり次第、手術になると思います。
秋沢　怪我の具合は？　かなりひどいんですか？
婦警　私も詳しいことはわかりません。後で、医師から説明があるでしょう。
秋沢　でも、あなたは紘未を見たんですよね？　紘未は歩けましたか？　血は流してましたか？

真帆が秋沢に駆け寄る。

真帆　お兄ちゃん、紘未は？

秋沢　今、この人に聞いてるところだ。

婦警　事故の現場に到着した時、紘未さんの意識はありませんでした。それ以上のことは、私にもわかりません。

真帆　（婦警に）交通事故だったんですか？

婦警　そうです。現場は横須賀街道の中村橋付近です。紘未さんは自転車で歩道を走行していたようです。そこへ、脇道から子供が飛び出してきた。紘未さんは子供を避けるために、ハンドルを右に切った。そこへ、後ろからトラックが来て、紘未さんの自転車に衝突した。

真帆　それで？

婦警　紘未さんは自転車と一緒に、五メートル先の地面に落ちました。全身をかなり強く打ったようです。

真帆　そんな……。（秋沢に）でも、どうして紘未が自転車に？　今日は会社に行かなかったの？

秋沢　病院に行くために、休んだんだ。

真帆　どうして病院に？

秋沢　検査だよ。妊娠してるかどうか、確かめに行ったんだ。俺のせいだ。俺が一緒に行ってれば、実験なんかすっぽかして、紘未に付いていってれば、事故に遭わなかったんだ。

救急救命センターから、医師が出てくる。

医師　秋沢紘未さんのご家族の方ですか？
真帆　そうです。先生、紘未は？
医師　全身打撲で、数カ所を骨折しています。それと、内蔵の損傷も激しい。直ちに手術が必要です。
真帆　紘未は助かるんですよね？
医師　もちろん、私たちにできる限りのことはします。手術には、本人かご家族の承諾が必要です。同意書にサインしていただけますか？
真帆　お兄ちゃん、サインだって。
秋沢　先生、家内は妊娠してるんです。お腹の子供は大丈夫でしょうか？
医師　今は、奥さんの命を助けることが先決です。
秋沢　そんなことはわかっています。でも、もし子供の命が助からなかったら、紘未はきっと悲しむ。
真帆　大丈夫よ。赤ちゃんも紘未も、必ず助かる。絶対に。
医師　（秋沢に）それじゃ、こちらでサインをお願いします。

医師・秋沢が去る。

婦警　紘未さんの荷物をお預かりしています。一緒に来ていただけますか？
真帆　紘未！　頑張って！

婦警が去る。

7

二〇〇九年五月、真帆のマンション。
真帆がやってきて、パソコンを打ち始める。

真帆　私は兄に嘘をついた。その日の夕方、紘未は息を引き取った。兄は泣かなかった。喪主として、立派に葬儀を取り仕切った。が、葬儀の次の日、突然、姿を消した。日本に帰ってきてすぐに買った、車とともに。私は一時間おきにメールを送った。「死なないで」。翌日の朝、やっと返信が届いた。「まだ生きてる」。それでも、私はメールを送り続けた。そして、一カ月後。

二〇〇九年六月、P・フレックの開発四課の実験室。
若月・山野辺・佐藤がやってくる。

佐藤　若月さん、秋沢さんから何か連絡はありました？
若月　ううん。妹さんの話だと、国内にいることは間違いないみたいなんだけど。

山野辺　今頃は知床半島の温泉宿で奥さんの写真を見ながら泣いてるんだろう。好きなだけ泣かしてやれよ。
若月　山野辺君の推理が当たってるかどうかはわからないけど、私も復帰を急かすつもりはない。
佐藤　彼が立ち直るまで、待とうと思う。
若月　そうですよね。私たちだけでスパイラルを完成させて、秋沢さんをビックリさせてやりましょう。
山野辺　そう、その意気よ。山野辺君、エネルギー・システムの改良案はできた？
若月　悪い。あと一週間、待ってくれ。
山野辺　また？　あなた、先週、なんて言った？
若月　悪い。あと一週間、待ってくれ。
　　山野辺君、わかってる？　前回の失敗で、開発計画は大幅に狂った。そのことは、本社の重役の耳にも伝わった。このままグズグズしてたら、クロノス・ジョウンターと同じことになるのよ。
山野辺　そう言われても、エネルギー・システムは秋沢さんの担当だからな。
佐藤　野方さんに協力を頼んだらどうですか？　あの人なら、何かいいアイディアを出してくれるかもしれませんよ。
山野辺　バカ野郎！　あんなやつに頭を下げられるか。
佐藤　クロノス・ジョウンターだって、最初は失敗しましたよね？　でも、野方さんは地道に改良を重ねて、三人の人間を過去に跳ばした。その経験を利用しない手はないですよ。若月

若月　さん、野方さんにお願いしましょう。
佐藤　いやだ。もう、二人とも子供なんだから。

そこへ、秋沢が設計図を持ってやってくる。

秋沢　若月さん、長い間、ご迷惑をおかけして、申し訳ありませんでした。
若月　秋沢君、あなた、いつ帰ってきたの？
佐藤　（秋沢に）今までどこに行ってたんですか？　知床半島ですか？
秋沢　知床も行った。稚内も行った。北海道だけじゃなくて、青森も新潟も鳥取も。でも、正直に言うと、よく覚えてないんだ。とにかく、ガムシャラに車を飛ばしてただけだから。
佐藤　一カ月も？
山野辺　（秋沢に）それだけ運転したら、疲れただろう。無理しないで、家で寝てろよ。
秋沢　君の気持ちはうれしいが、僕は研究者だ。いつまでも、現実逃避をするわけには行かない。若月さん、これ、新しい設計図です。（と差し出す）
若月　（受け取って）もしかして、エネルギー・システムの？（と設計図を広げる）
秋沢　これで、スパイラルは物質を過去に跳ばすことができます。もしまた失敗したら、また書き直します。何度でも、完成するまで。
若月　ありがとう、秋沢君。みんな、こいつの製作に取りかかろう。

若月・山野辺・佐藤が去る。
秋沢のマンション。
真帆が秋沢に歩み寄る。

真帆　お帰り。
秋沢　人の家に勝手に入るな。
真帆　若月さんが電話してくれたのよ。お兄ちゃんが会社に来たって。いつ東京に帰ってきたの？
秋沢　三日前だ。それから、家に籠もって、設計図を書いてた。
真帆　いきなり仕事に復帰して、体の方は大丈夫なの？
秋沢　帰ってきた日に十二時間寝た。おかげで、疲れはすっかり取れた。
真帆　でも、心の方は？　若月さん、心配してたよ。やけにテンションが高かったから、家で倒れるかもしれないって。
秋沢　取り越し苦労だよ。一カ月ぶりに会社に行ったんだ。張り切るのは当然だろう。
真帆　お兄ちゃん、お願いだから、本当のことを言って。
秋沢　俺は元々、一人だった。自分の研究さえできれば、それで十分だった。紘未と過ごした一年は、神様がくれた休暇だったんだ。
真帆　休暇？

秋沢　今まで生きてきた中で、最高の一年だった。でも、もう終わったんだ。これからは、また研究のために生きていく。これが、一カ月かかって、俺が出した結論だ。わかったか？
真帆　わかった。それなら、もう何も言わない。
秋沢　メール、何百回も送ってくれて、ありがとう。
真帆　ううん。研究、頑張ってね。

真帆が机に向かう。秋沢がポケットから小箱を取り出す。

秋沢　あいつは覚えてないんだな。今日が何の日か。

そこへ、紘未がやってくる。

紘未　私たちの結婚記念日でしょう？　ごめんね、一緒に迎えられなくて。
秋沢　（小箱を差し出して）紘未、俺からのプレゼントだ。本当は誕生日のプレゼントにするつもりだったんだけど、あの日はちょうど……。
紘未　私が事故に遭った。だから、忘れてたんでしょう？
秋沢　誕生日だってことは忘れてなかった。でも、忙しくて、こいつのことはすっかり。
紘未　中身は何？
秋沢　（小箱を開けて）ほら。

紘未　カメオ？　もしかして、ジュゼッペ・ペルニーチェの？
秋沢　新婚旅行の時、買えなかっただろう？　だから、誕生日に合わせて、ネットで注文しておいたんだ。君にバレないように、宛て先を会社にして。届いたのは事故の前の日だった。今日、会社に行って、自分の机の抽斗を開けたら、こいつが入ってて。で、今日はちょうど結婚記念日だし、二つまとめて、おめでとうってことで。

紘未　ありがとう、里志さん。
秋沢　あ、でも、予算の都合で一つしか買えなかった。お義母さんの分は、ボーナスが出たら、必ず。

紘未　ありがとう。でも、私には受け取れないのよ。
秋沢　いや、俺は必ず君に渡す。
紘未　どうやって？
秋沢　スパイラルを完成させて、三十九年前へ行く。そして、事故の日まで待つ。俺の手で事故を阻止して、君を助ける。

紘未　でも、そんなことをしたら、今の研究は？
秋沢　俺が三十九年前に行けたら、それで研究は完成したことになる。
紘未　でも、あなたはまだ三十三よ。研究っていうのは、一生続けるものじゃないの？
秋沢　研究なんかより、君の方が大事なんだ。
紘未　私は二番じゃなかったっけ？
秋沢　その言葉を口にした時の俺は、何もわかってなかった。淋しさをごまかして、突っ張ってただけだった。

紘未　そんなこと言わないで。

秋沢　君を失って、俺がどれだけ君を必要としていたか、よくわかった。俺の望みはたった一つ。君がそばにいてくれることだけだ。

紘未　私はいつもそばにいる。あなたが望むなら、いつまでも。

秋沢　でも、ほら。（と紘未に手を伸ばして）触れないじゃないか。

紘未が去る。秋沢も去る。

8

二〇〇九年五月、真帆のマンション。
真帆がパソコンを打ち始める。

真帆　次の日から、クロノス・スパイラルの改良が始まった。兄は家に帰る時間を惜しんで、会社に泊り込んだ。そのうち、他の三人も付き合うようになった。食事は交替で作り、夜は実験室の床で雑魚寝。まるで、大学時代に戻ったかのようだった。そして、三カ月後、ついに完成。再びカボチャを跳ばしてみたら、今度は消えた！　セルの中には、種一つ残ってなかった。

二〇〇九年九月、P・フレックの会議室。
秋沢・野方・若月がやってくる。

野方　どういうことだ、いきなり辞めたいだなんて。スパイラルの開発を途中で放り出すつもりか？

秋沢　僕の仕事は終わりました。後は、若月さんたちだけで何とかなるはずです。
野方　（若月に）そうなのか？
若月　昨日の実験で、エネルギー・システムは目標値をクリアしました。今後は、それ以外のパーツの改良が中心になります。
野方　しかし、スパイラルはまだカボチャしか跳ばしてない。人間を跳ばすためには、まだまだ改良が必要だろう。
秋沢　人一人だったら、今のエネルギー量で十分です。相撲取りだって、楽に跳ばせます。
野方　まさかとは思うが、おかしなことを考えてないだろうな？
秋沢　おかしなことって？
野方　スパイラルに乗って、三十九年前に行くつもりじゃないだろうな？　亡くなった奥さんを助けるために。
秋沢　冗談は止めてください。僕がそんなことをすると思いますか？
野方　今から三年前の話だ。クロノス・ジョウンターに乗って、死んだ彼女を助けに行ったやつがいた。もし助けられたとしても、遠い未来へ弾き跳ばされるのに。
秋沢　それは誰ですか？
野方　三課の吹原だ。
秋沢　それじゃ、吹原君は歴史を変えたんですね？
野方　しかし、それは本来なら、許されないことだ。歴史を自分の都合で変えてはならない。子供にだって、わかる理屈だ。ところが、女に夢中になると、この理屈が理解不能になるらしい。

若月　秋沢君、あなたはどうなの？

秋沢　若月さんも僕を疑ってるんですか？

若月　あなたはこの三カ月間、死に物狂いで働いてきた。それはみんな、奥さんのためだったのね？

秋沢　二人とも、いい加減にしてください。僕がスパイラルに乗るつもりなら、P・フレックを辞めるわけないじゃないですか。

野方　辞めた後はどうするつもりだ。

秋沢　ロサンジェルスに戻ります。向こうの友人が、共同で研究しようと誘ってくれてるので。

野方　それは正解だな。若月君には気の毒だが、スパイラルの開発は今年いっぱいで中止になるらしい。

若月　本当ですか？

野方　三十九年前にしか行けない機械が、製品化できると思うか？　本社の重役から見れば、クロノス・ジョウンターもクロノス・スパイラルも、役立たずの鉄屑なんだ。

若月　でも、スパイラルにはまだまだ改良の余地があります。秋沢君が協力してくれれば、もっと遠い過去へだって——

野方　秋沢ほどの才能があれば、スパイラルより凄い機械がいくらでも作れる。そのためには、ロサンジェルスに行った方がいいんだ。秋沢、向こうでも頑張れよ。

秋沢　ありがとうございます。

若月　もし戻りたくなったら、いつでも連絡して。待ってるから。
秋沢　今日まで本当にお世話になりました。（と頭を下げる）

野方・若月が去る。

秋沢　すみません、若月さん。俺はどうしても紘未を助けたいんです。

そこへ、山野辺・佐藤がやってくる。

佐藤　やっぱり、三十九年前に行くつもりなんですね？
秋沢　え？　何の話だ？
山野辺　（秋沢の胸ぐらをつかんで）ごまかすんじゃねえ！　あんたは俺に黙って、スパイラルに乗るつもりなんだ。そんな勝手なこと、俺が許すと思ってるのか？　許してほしかったら、俺に協力させろ。
秋沢　え？　今、なんて言った？
佐藤　協力させろって言ったんですよ。山野辺さんと、私に。
秋沢　君たちまで、僕を疑うのか？　僕はスパイラルには乗らない。本当だ。
山野辺　嘘はもうたくさんだ。それ以上、言ったら、舌を引っこ抜くぞ。
秋沢　百歩譲って、君たちの推理が正しいとしよう。でも、僕がスパイラルに乗るのを手伝ったら、君たちはどうなる。下手をしたら、会社をクビになるかもしれない。

山野辺　構うもんか。こんな会社、いつでも辞めてやる。

秋沢　君は来月、結婚するんだろう？　君が失業したら、奥さんはどうなるんだ。

山野辺　ゴチャゴチャ言うな。俺にはあんたの気持ちがわかる。もし今、ナタリーが死んだら、俺だって、あんたと同じことをする。

佐藤　（秋沢に）私は彼氏はいないけど、もし彼氏が助けに来てくれたら、きっとうれしいです。私たちに協力させてください。お願いします。

秋沢　ありがとう、佐藤、山野辺。こちらこそ、よろしくお願いします。（と頭をを下げて）それじゃ、また後で連絡する。

秋沢が去る。

山野辺　俺のスパイラルがとうとう人間を跳ばす日が来た。燃えるなあ。

佐藤　山野辺さん、本当は秋沢さんのことなんか、考えてないんじゃないですか？

山野辺　そう言うおまえはどうなんだ。

佐藤が去る。後を追って、山野辺が去る。

真帆のマンション。

秋沢がデイパックを持ってやってくる。真帆が秋沢に歩み寄る。

真帆　どうしたの、こんな時間に。そのデイパックは何？
秋沢　これからしばらく旅行に行くんだ。で、出かける前に、おまえに一言、言っておきたいことがあって。
真帆　何よ、改まって。
秋沢　真帆、俺はおまえに感謝してる。紘未と一緒になれたのは、おまえのおかげだ。
真帆　そんなことを言うために、わざわざ来たの？
秋沢　それから、もし俺の身に何かあったら、親父とお袋を頼む。まあ、あの二人なら、心配はいらないだろうけど。
真帆　ちょっと待ってよ。お兄ちゃん、どこに行くつもりなの？　外国？
秋沢　バカ、もっとずっと近くだ。あと、最後にもう一つだけ。結婚て、本当にいいものだぞ。おまえも手遅れになる前に、何とかしろ。
真帆　余計なお世話よ！
秋沢　言いたかったことはこれだけだ。じゃあな。
真帆　お兄ちゃん！　帰ってくるよね？　また会えるよね？
秋沢　ああ、必ず帰ってくる。

真帆が机に向かう。
P・フレックの開発四課の実験室。

佐藤がやってくる。

佐藤　午後十時五十五分。予定通りですね。
秋沢　最終チェックは終わったかい？
佐藤　私は三回でいいって言ったのに、山野辺さんはもう一回やるって。

佐藤がパソコンのキイを叩く。格子が開いて、クロノス・スパイラルが現れる。山野辺がチェックしている。佐藤がパソコンのキイを叩く。

佐藤　目標時刻は一九七〇年九月十三日午後十一時。
秋沢　九月十三日に何があったか、調べたかい？
佐藤　もちろんですよ。この日は、大阪万博の最終日。皇太子が来て、閉会式が行われたんです。
秋沢　あと一日早ければ、万博に行けたのか。残念だったな。
山野辺　そのデイパックには何が入ってるんだ？
秋沢　ノートパソコンと、三十九年前の紙幣。退職金と貯金を合わせて、八百万だ。
山野辺　それっぽっちか？　あんたは向こうで三十九年も暮らすんだぜ。親に借金するとかして、もっと持っていけばいいのに。
佐藤　当時の大卒の初任給は三万円です。八百万なら、かなりの大金ですよ。
秋沢　（山野辺に）それに、僕は向こうでボーッとしているつもりはない。八百万を使い切る前

佐藤　に、仕事を見つけて働く。
秋沢　ノートパソコンは何のために？
山野辺　一九七〇年から今日までの新聞記事が入れてある。いざという時、きっと役に立つ。
秋沢　秋沢さん、終わったぜ。
佐藤　わかった。（とクロノス・スパイラルを見つめる）
秋沢　どうかしたんですか？
山野辺　いや、何だか不思議な気がして。一年半前に日本に帰ってきた時は、タイムマシンなんて夢物語だと思ってた。それなのに、今はこうして自分の命を賭けようとしてる。
秋沢　この期に及んで、怖くなったのか？
山野辺　そうじゃない。これは、僕が自分で選んだ道だ。後悔はしてない。君たちを巻き込むことになって、申し訳ないとは思ってるが。
佐藤　余計なお世話だ。俺だって、自分で選んだ道を突き進んだだけだ。
秋沢　（秋沢に）それじゃ、セルに入ってください。
　　　了解。

秋沢がセルに入ろうとする。そこへ、野方・若月がやってくる。

野方　おまえら、ここで何をしている。
山野辺　（秋沢を背中に隠して）見ればわかるだろう、明日の実験の準備だよ。

若月　山野辺君、後ろにいるのは誰？

野方　驚いたな、秋沢じゃないか。会社を辞めた人間が、なぜここにいるんだ。

佐藤　エネルギー・システムの調子がおかしいから、秋沢さんに見てもらおうかと。

若月　それは変ね。九時に仕事を終わらせた時は、何ともなかったけど。

野方　秋沢、正直に言え。おまえは亡くなった奥さんを助けに行くつもりか。

秋沢　そうです。

野方　もし過去に行けなかったら？　この前のカボチャみたいに、おまえもスープになるんだぞ。

佐藤　そんなことはありません。二回目の実験では、ちゃんと過去に行きました。

若月　本当に過去に行ったって、断言できる？　単に分子まで分解されて、空気中に拡散しただけって可能性はない？

山野辺　何を言ってるんだよ、若月さん。あんた、スパイラルを否定するのか？

若月　そうじゃなくて、今の段階では、確実なことは何も言えないってこと。実験を重ねて、百パーセントの確信が持てるまでは、人を乗せるわけには行かない。秋沢君、諦めて。

秋沢　いいえ、僕は諦めません。

若月　あなたが死んだら、紘未さんはどう思う？　きっと悲しむはずよ。

秋沢　若月さん、スパイラルはあなたが作った機械です。作者のあなたがどうして信じてやらないんです。

若月　でも、あなたにもしものことがあったら。

秋沢　僕は必ず三十九年前に行けます。僕は僕のシステムを信じています。

野方　信じる信じないはどうでもいい。俺はスパイラルの使用は絶対に認めない。使用したら、開発は即刻中止だ。スパイラルは廃棄処分だ。
秋沢　行かせてください、若月さん。
野方　若月に何を言っても、無駄だ。諦めて、ここから出ていけ。
秋沢　若月さん。
野方　いい加減にしろよ、秋沢。

野方が秋沢に近付く。若月が野方の腕をつかむ。

若月　秋沢君、セルに入って！
野方　何をする、若月？　気は確かか？
山野辺　（野方の腕をつかんで）秋沢さん、早く！
佐藤　スパイラルを起動します。（とパソコンのキイを叩く）
野方　やめろ、佐藤！　開発が中止になってもいいのか？

秋沢がセルに飛び込む。

若月　佐藤さん、扉を閉じて！

佐藤がパソコンのキイを叩くと、格子が閉じる。

野方　いいのか、若月？　秋沢が死んでも。

佐藤　目標時刻は一九七〇年九月十三日午後十一時。

野方　秋沢、向こうへ行っても、奥さんはいないんだぞ。おまえは三十九年も待たなければならないんだぞ。たった一人で。

若月　カウントダウン、開始！

佐藤　五、四、三、二、一。

秋沢　（同時に）佐藤、山野辺、若月さん、今日まで本当にありがとう。

野方　秋沢！

佐藤がパソコンのキイを叩く。クロノス・スパイラルが回転を始める。そして、轟音を発して、煙を吹き出す。

真帆　行ってらっしゃい、お兄ちゃん。

煙の中から、秋沢が飛び出す。秋沢の周囲を、他の登場人物たちが次々と通り過ぎる。その中には、紘未もいる。秋沢が紘未を追いかける。が、紘未には追いつけない。秋沢が倒れる。格子が閉じる。

9

一九七〇年九月、路上。

浩二・栗崎がやってくる。

栗崎　浩二さん、誰か、倒れてますよ。

浩二　ほっとけ、ほっとけ。どうせ、ただの酔っ払いだ。

栗崎　病人だったら、どうするんですか。（と秋沢に歩み寄り）もしもし、大丈夫ですか？

浩二　全く、お節介なやつだな。（と秋沢を見て）何だ、こいつ、リュックサックなんか持ってるぜ。遠足にでも行く途中か？（とデイパックを開く）

栗崎　何するんですか、浩二さん。

浩二　バカ、身元を調べるんだよ。ん？　何だ、これ？（とノートパソコンを取り出す）

栗崎　人の物を勝手に触らないでください。（秋沢の体を揺すって）もしもし、目を覚ましてください。覚まさないと、泥棒に荷物を取られますよ。

浩二　こら、泥棒とは何だ、泥棒とは。

秋沢　（目を開けて、上半身を起こし）ここは？

栗崎　横浜ですよ。どうしてこんな道端で寝てるんです。体の具合でも悪いんですか？
秋沢　いや、長旅をして、疲れただけで。どこかに泊まれる所はないか、探してたんですが。
栗崎　だったら、すぐそこにホテルがありますよ。僕が勤めてるホテルなんですが、ご案内しましょうか？
秋沢　その前に、教えてください。今、万博はやっていますか？
栗崎　万博ですか？　確か、今日が閉会式だったと思いますけど。
秋沢　それじゃ、今日は一九七〇年の九月十三日なんですね？
浩二　そうだよ。それがどうかしたのか？
秋沢　やったぞ、紘未……。（と気を失う）
浩二　何だよ、こいつ、また寝ちまいやがった。
栗崎　よほど疲れてるんでしょう。浩二さん、運ぶのを手伝ってください。
浩二　本当にホテルに連れていくつもりか？　酔っ払いなんか連れていったら、純ちゃんに怒られるぞ。
栗崎　この人、酒の匂いはしませんよ。さあ。
浩二　はいはい、手伝えばいいんだろう、手伝えば。

栗崎が秋沢を背負う。浩二がデイパックを持つ。三人が去る。

10

二〇〇九年五月、真帆のマンション。

真帆がやってくる。パソコンに向かい、打ち始める。

真帆　最初に目を開けた時、兄に見えたのは土だった。兄は畑の真ん中に倒れていた。すぐに立ち上がろうとしたが、体中が痺れて、うまく力が入らない。まるで、エアロビクスを十時間やった直後のようだった。時を越える旅は、兄の体を極度に消耗させていた。それでも、兄はよろよろと道路へ出た。いつ倒れたかは記憶にない。自分が寝ている間に、何があったかも。

一九七〇年九月、馬車道ホテルのロビー。

栗崎が秋沢を背負ってやってくる。秋沢をソファーに寝かせる。反対側から、純子がやってくる。

純子　栗崎君、その人は誰？

栗崎　道端に倒れてたんです。疲れただけだって言うんですが、かなり顔色が悪くて。

純子　（秋沢の額に手を当てて）ちょっと熱があるみたいね。
栗崎　タオルを濡らしてきます。
純子　それより、浩二は？
栗崎　駅前のバーにいました。すぐ後から来ます。

栗崎が去る。純子が秋沢の寝顔を見つめる。秋沢が目を開ける。

秋沢　……紘未？
純子　ひろみ？
秋沢　（上半身を起こして）誰ですか、あなたは。
純子　私はこのホテルの者です。
秋沢　ホテル？　そうか、さっきの人が運んでくれたんだ。（と周囲を見回して）あれ？　ここはもしかして。
純子　馬車道ホテルです。前にいらっしゃったことがあるんですか？
秋沢　ええ、上のレストランに一度だけ。
純子　レストラン？　うちには、ティールームはあるけど、レストランはありませんよ。
秋沢　そんなはずはない。僕は確かに――
純子　失礼ですけど、他のホテルとお間違いじゃないですか？　私はこのホテルの副支配人です。嘘は申しません。

秋沢　副支配人？
純子　柿沼純子です。それで、あなたのお名前は？

そこへ、浩二がやってくる。デイパックを持っている。

浩二　（秋沢に）やっと目を覚ましたな。
秋沢　あ、あなたはさっきの。
浩二　俺は柿沼浩二、このホテルの専務だ。
純子　浩二、商工会の会議は五時までじゃなかったっけ？
浩二　悪かったよ、遅くなっちゃって。会議の後、食事に誘われたんだ。
純子　で、食事の後はお酒？
浩二　仕方なかったんだよ。会長がどうしてもって言うから。

そこへ、栗崎・英太郎がやってくる。栗崎はタオルとコップを持っている。栗崎が秋沢にコップを渡す。秋沢が水を飲む。

英太郎　浩二、おまえ、こんな時間まで、どこに行ってたんだ。
純子　お父さん、大きな声を出すのはやめて。よその人がいるのよ。
英太郎　（秋沢を見て）そちらの方は？　お客様か？

浩二　違うよ。道端に倒れてたんで、連れてきたんだ。
秋沢　あ、そのデイパック。（と浩二の手からデイパックを奪う）
浩二　何だよ、ここまで持ってきてやったのに。
秋沢　（中を見て）金がない。（浩二に）この中に、金は入ってませんでしたか？
浩二　いや、そのおかしな機械しかなかったぜ。
純子　（秋沢に）道端に倒れている間に、誰かに持っていかれたんじゃないですか？　いくら入ってたんです？
秋沢　八百万です。
英太郎　八百万？
浩二　（秋沢に）嘘つけ。そんな大金、夜中に持ち歩くバカがいるもんか。
秋沢　でも、本当なんです。
英太郎　だったら、一刻も早く、警察に届けた方がいい。まずは一一〇番だ。
秋沢　いや、それはできないんです。ちょっと、事情がありまして。
英太郎　何か、犯罪に関係した金なのか？
秋沢　違います。僕の貯金と退職金です。でも、僕は警察の力は借りたくない。自分の手で取り返します。
英太郎　しかし、どうやって。
秋沢　それはこれから考えます。
栗崎　お体の具合はどうですか？　少しは落ち着きましたか？

秋沢　ええ、おかげさまで。
栗崎　ホテルをお探しだって、仰ってましたよね？　うちのホテルにお泊まりになりますか？
秋沢　そうしたいのはやまやまなんですが、僕には金がないんで。
栗崎　（英太郎に）支配人、もしよかったら、一晩だけ、宿直室に。
英太郎　仕方ないな。じゃ、君が案内してやってくれ。
浩二　いや、俺が案内するよ。（秋沢に）ついてきな。
純子　（秋沢に）そう言えば、あなたのお名前、まだ伺ってませんでしたよね？
秋沢　秋沢です。秋沢里志。

浩二・秋沢が去る。

純子　一体、何者かしら。夜中に八百万も持ち歩くなんて。
英太郎　ひょっとすると、例の事件の犯人じゃないか？　ほら、一昨年、府中で起きた……。
純子　三億円事件？
栗崎　まさか。だったら、名前は言わないでしょう。

純子・英太郎・栗崎が去る。
宿直室。
秋沢・浩二がやってくる。

浩二　正直に言えよ。秋沢ってのは偽名だろう？
秋沢　違いますよ。
浩二　だったら、身分を証明するものを見せてみろ。免許証とか保険証とか。
秋沢　生憎、家に置いてきちゃって。
浩二　そうか。じゃ、今から取りに行こう。家まで案内してくれ。（と秋沢の腕をつかむ）
秋沢　（浩二の手を振り払って）わかりました。本当のことを言いますよ。そのかわり、誰にも言わないって、約束してくれますか？
浩二　指切りでも何でもしてやるから、さっさと言え。
秋沢　僕には戸籍がないんです。
浩二　戸籍がない？　てことは、おまえ、密入国者か？
秋沢　違いますよ、僕は日本人です。でも、遠い所から来たっていうのは、当たってます。僕は過去の自分を捨てて、ここに来たんです。仕事も家も家族も捨てて。
浩二　なぜそんなことを。
秋沢　妻が亡くなったんです。四カ月ほど前に。
浩二　それで、何もかもがいやになって、飛び出してきたってわけか。でも、戸籍がないと不便だぜ。就職もできないし、アパートも借りられない。
秋沢　でも、僕はもう帰れない。ここで、一人で生きていくしかないんです。
浩二　金もないのに、どうやって。

秋沢　それはこれから考えます。
浩二　おまえ、ここに来る前は、どんな仕事をしてた。
秋沢　機械を作ってましたけど、それが何か？
浩二　だったら、機械いじりは得意だな？　空調が止まったり、水道が漏れたりしたら、直せるか？
秋沢　それぐらいなら、たぶん。
浩二　先月、施設係をやってたやつが辞めちまってな。今は外の業者に頼んでるんだけど、呼んでもなかなか来てくれなくて。明日、おじさんに頼んでみよう。
秋沢　おじさんて？
浩二　さっき、ロビーで会っただろう？　うちのホテルの支配人だよ。
秋沢　それじゃ、僕をこのホテルで雇ってくれるんですか？　でも、どうして？
浩二　今、一人で生きていくしかないって言ったよな？　その気持ち、俺にもわかるんだよ。とにかく、仕事のことは俺に任せておけ。
秋沢　ありがとうございます、浩二さん。

そこへ、芽以子がやってくる。競馬新聞を持っている。

芽以子　誰だい、その男は？
浩二　明日からうちで働くことになった、秋沢君だよ。（秋沢に）この人は客室係の芽以子さん。

芽以子　（秋沢に）困った時は何でも言いな。ただし、お礼はちゃんといただくよ。
浩二　（秋沢に）この人には逆らわない方がいい。亡くなった旦那さんが、ヤクザの組長だったんだ。今でも町を歩くと、ヤクザが頭を下げる。
秋沢　（芽以子に）よろしくお願いします。
浩二　（芽以子に）こいつ、今夜はここに泊まるんだ。芽以子さん、いろいろ教えてやってくれよ。
芽以子　（秋沢に）ベッドはこの奥だよ。私は下を使うからね。夜這いなんかしたら、刺すよ。
秋沢　しませんよ、そんなこと。
浩二　（芽以子に）それより、近頃、競馬の調子はどうだい？　先週の毎日王冠は勝ったのかい？
芽以子　私は過去は振り返らないんだ。次の東京盃で取り返してみせるさ。

浩二・芽以子が去る。

秋沢　施設係か。まあ、機械がいじれるだけ、マシだ。

秋沢がデイパックからノートパソコンを取り出し、キイを叩き始める。そこへ、紘未がやってくる。

紘未　後悔してない？　この時代へ来たこと。
秋沢　さすがに、八百万がないってわかった時は、ガックリきたな。でも、何とか仕事が見つか

紘未　ったし、ほら、パソコンだって無事に開いた。
秋沢　(画面を見て) いやだ、私の写真を壁紙にしたの?
紘未　前に見せなかったたっけ? 新婚旅行から帰った次の日、これにしたんだ。
秋沢　トレヴィの泉ね? あなた、この写真を撮った後、泉に落ちたのよね。
紘未　(キイを叩いて) こっちはスペイン広場だ。
秋沢　全部で何枚持ってきたの?
紘未　俺が持ってる写真はすべて。結婚する前の写真も取り込んだ。君と出会った頃の写真も。
　　(とキイを叩いて) ほら。

秋沢　(画面を見て) これ、大学の学生証の写真じゃない。やめてよ。
紘未　いいじゃないか、君とは三十九年、会えないんだから。それより、気づいたかい? このホテル、君のお父さんが支配人をしていたホテルだよ。まさか、ここで働くことになるとはな。

秋沢　でも、あなたが施設係だなんて。
紘未　俺は一人で生きていかなければならない。贅沢は言ってられないんだ。
秋沢　ごめんなさい、私のために。
紘未　バカを言うなよ。これは俺のためでもあるんだ。(とポケットからカメオを取り出して)
　　これを必ず君に渡す。それまでは、歯を食いしばって、生き抜いてみせる。

　　秋沢・紘未が去る。

11

二〇〇九年五月、真帆のマンション。
真帆がパソコンを打ち始める。

真帆　たぶん、兄は怖かったのだと思う。三十九年という時間の長さが。時の流れは人の記憶を奪い去る。今、頭の中にある紘未の思い出も、十年後には半分になっているだろう。それでも、自分は紘未を待とうと思えるのか。もういいやと投げ出すのではないか。写真は兄のエネルギー源だった。紘未の顔を見ることで、心の中の火を燃やし続けようとした。

一九七〇年九月、支配人室。
秋沢がやってくる。反対側から、純子・英太郎がやってくる。

英太郎　今朝、浩二から話を聞いたよ。君はうちのホテルで働きたいそうだね？
秋沢　精一杯頑張ります。よろしくお願いします。（と頭を下げる）
英太郎　ちょっと待ってくれ。私はまだ雇うと決めたわけじゃない。

秋沢　そうなんですか？　でも、浩二さんは俺に任せておけって。
純子　浩二は昨夜、お酒を飲んでいました。それでつい調子に乗って、安請け合いをしたんだと思います。
秋沢　でも、浩二さんは僕を施設係にするとまで言ったんですよ。
純子　それは単なる口約束です。素性のはっきりしない人を、うちで働かせるわけには行きません。
秋沢　なるほど。つまり、悪いのは騙された僕だってわけですね？
英太郎　まあまあ、そうムキにならないで。浩二が言った通り、うちのホテルが施設係を必要としているのは事実だ。君の素性さえはっきりすれば、雇っても構わない。
純子　お父さん、勝手なことを言わないで。
英太郎　勝手じゃない。一応、専務の推薦もあるわけだし。（秋沢に）明日までに、履歴書を持ってきてくれ。あと、住民票か戸籍謄本も。
純子　私は反対です。うちには、余分な人を雇う余裕はありません。
英太郎　結論は、履歴書を見てからでいいじゃないか。秋沢君も、それでいいね？
秋沢　わかりました。これから、市役所に行ってきます。

　　秋沢が去る。反対側へ、純子・英太郎が去る。

真帆　もちろん、市役所に行っても、兄の戸籍はない。困った兄は、浩二さんを探した。浩二さ

んは駅前の喫茶店で、友人らしき男たちと話をしていた。外へ連れ出して、事情を話すと、
「芽以子さんに頼んでみよう」。

質屋。
秋沢・浩二・芽以子がやってくる。反対側から、質屋がやってくる。

質屋 久しぶりだな、芽以ちゃん。若い男を二人も連れて、相変わらずモテモテだね。
芽以子 お世辞を言っても、何も出ないよ。（秋沢に）この人は、表向きはただの質屋だけどね、裏じゃいろいろヤバイものを売り買いしてるんだよ。
質屋 とんでもない。うちは極々真っ当な質屋だよ。税金だって、ちゃんと払ってる。で、今日は何が入り用なんだい。
芽以子 （秋沢を示して）この人に戸籍を売ってやってほしいんだ。
質屋 （秋沢に）へえ、あんた、凶状持ちかい。そんなふうには見えないけどな。でも、戸籍は高いよ。
秋沢 いくらですか？
質屋 三十万。
芽以子 冗談はよしなよ。あんた、私のツレから、ぼったくろうってのかい？
質屋 滅相もない。これでも十分、勉強してるよ。
芽以子 そう言えば、あんた、昔、川崎のホステスに子供を生ませたよね？　奥さんはそのこと、

質屋　知ってたっけ？
芽以子　二十五万。
質屋　そう言えば、あんた。
芽以子　二十万。いくら芽以ちゃんのツレでも、これ以上は無理だよ。
質屋　よし、二十万で手を打とうじゃないか。ただし、支払いは月末だよ。
うちは現金取引しかやってないのに。全く、芽以ちゃんにはかなわないな。

質屋が去る。

芽以子　（秋沢に）代金は私が建て替えておく。給料が出たら、ちゃんと返すんだよ。
秋沢　ありがとうございます。このご恩は一生忘れません。
芽以子　で、お礼は？
秋沢　やっぱり、タダじゃないんですね？
芽以子　当たり前だろう？　私はあんたの母親でも、大金持ちの慈善家でもない。ただの美しい未亡人だよ。
秋沢　でも、今の僕には何もないし。そうだ、ちょっと待ってください。

秋沢がデイパックからノートパソコンを取り出し、キイを叩き始める。

芽以子　何だい、その機械は。電卓かい？
浩二　（キイボードを見て）それにしては、やけにいっぱいボタンがあるな。（秋沢に）わかった。タイプライターだろう？
秋沢　ええ、まあ、似たような物です。よし、わかった。芽以子さん、再来月の天皇賞はメジロアサマを買ってください。
芽以子　メジロアサマ？　あの馬はこの前、安田記念で勝ったけどさ。天皇賞は三千二百メートルだよ。勝てっこないよ。
秋沢　そう言わずに、買ってください。絶対に損はさせませんから。
芽以子　本当だね？
浩二　やめとけよ、芽以子さん。タイプライターで未来がわかるわけないだろう。

そこへ、質屋が紙を持って戻ってくる。

質屋　（秋沢に）ちょうど手頃なのがあったよ。本籍は岩手県花巻市。年は今年で三十三だ。こいつと印鑑を持って、市役所に行きな。で、転入手続きをすれば、それでおしまいだ。
（と紙を差し出す）
秋沢　（受け取って）「楢原弥九郎」？　この人は今、どこにいるんですか？
芽以子　どこにもいないよ。だから、今日から、あんたが楢原弥九郎だ。

秋沢・浩二・芽以子が去る。反対側へ、質屋が去る。

真帆　翌日、履歴書と戸籍謄本を持っていくと、支配人と純子さんは目を丸くした。が、浩二さんが「何かあったら、俺が責任を取る」と言ってくれたおかげで、何とか雇ってもらえることになった。そして、一カ月後。

一九七〇年十月、支配人室。
秋沢・浩二がやってくる。反対側から、純子・英太郎がやってくる。

英太郎　楢原君、今月分の給料だ。一カ月、ご苦労様。（と給料袋を差し出す）
秋沢　（受け取って）ありがとうございます。
英太郎　君を雇って、正解だった。施設係としても有能だし、勤務態度もまじめだし、君には文句のつけどころがない。そうだろう、純子？
純子　ええ、今までのところは。
浩二　そういう言い方はないだろう？　楢原は掘り出し物だよ。まあ、俺には最初からわかってたけど。
英太郎　偉そうな口を叩くな。おまえも楢原君を見習って、少しはまじめに働け。
浩二　働いてるじゃないか。毎日、あちこち、飛び回って。
純子　何言ってるの。友達と喫茶店でおしゃべりしてるだけでしょう？

浩二　いいかい、純ちゃん？　うちのホテルは年々、客が減ってきてる。このままじゃ、潰れるのは時間の問題だ。仕方ないよな。こんな古臭いホテル、若い客が泊まりたいと思うわけない。かと言って、改装したり、宣伝したりする金はない。でもな、この悩みは、近所の映画館やレストランも同じなんだ。だったら、お互いに助け合っていくべきじゃないか。だからって、おしゃべりしてるだけじゃ、何も始まらないでしょう？

純子　今は、いろいろ計画を立ててるところなんだよ。三年後を見てろよ。俺はこのホテルを横浜一のホテルにしてみせる。

浩二　横浜一のホテルか。それで、おまえたち二人が一緒になってくれたら、万々歳なんだがな。

英太郎　え？　純子さんと浩二さんはそういう仲なんですか？

秋沢　私たちはただのいとこです。お父さん、おかしなことを言うのはやめて。

純子　純子が去る。

秋沢　（浩二に）いとこだって、結婚はできますよね？　まあ、どっちかがいやだって言えば、それまでですけど。

浩二　施設係は黙ってろ。

秋沢・浩二・英太郎が去る。

真帆　初任給は三万円。そのうちの二万を芽以子さんに渡して、兄はアパートを借りた。四畳半一間で、トイレは共同。最初の夜は淋しくて、朝まで眠れなかった。そして、一カ月後。

一九七〇年十一月、宿直室。
秋沢がやってくる。反対側から、浩二・芽以子がやってくる。

芽以子　(秋沢に抱きついて)　楢ちゃん、ありがとう！　メジロアサマが勝ったよ！　おめでとうございます。
秋沢　あんたを信じて、よかったよ。おかげで、昨夜は久しぶりにビフテキが食べられた。
芽以子　(秋沢に)　まさか、五番人気が来るとはな。今度はあんたの言う通りに買うから、また教えてくれよ。できれば、来月の有馬記念がいいな。
浩二　(秋沢に)　それは私からもお願いしたいね。今度はもっと大勝ちして、ハワイへバカンスだ。
芽以子　戸籍のお礼はもう済んだはずですよ。
秋沢　教えてくれたら、借金をチャラにするよ。
芽以子　教えましょう。でも、これが最後。三度目はありませんからね。
秋沢

秋沢がデイパックからノートパソコンを取り出し、キイを叩き始める。

芽以子　また、そのタイプライターかい？
浩二　（画面を覗き込んで）ん？　誰だ、そのキレイな女は？
秋沢　（画面を隠して）あなたの知らない人ですよ。
芽以子　そいつは一体、どういう機械なんだい。浩二が言ったみたいに、未来がわかるのかい？
秋沢　まさか。この機械には、今までのレースのデータが入ってましてね。それを元にして、次のレースの結果を予測するんです。よし、わかった。一着はスピードシンボリです。
芽以子　去年の優勝馬じゃないか。今まで、二年続けて勝った馬はいないよ。
秋沢　信じる信じないは、あなたの自由です。
浩二　俺は信じるぜ。ついでに、うちのホテルの未来を占ってくれよ。あと、俺と純ちゃんが結婚するかどうかも。
秋沢　そんなことまではわかりませんよ。
浩二　なんだよ、そいつは競馬の予想しかできないのか？　思ったより、大したことないな。
秋沢　浩二さん、愛は自分の力でつかむものですよ。
浩二　施設係は黙ってろ。

秋沢・浩二・芽以子が去る。

真帆　三十九年後の世界から持ってきたデータは、もちろん百発百中だった。が、兄は競馬には手を出さなかった。給料をコツコツ貯金して、一年後、駅前の証券会社に向かった。

一九七一年十一月、証券会社。
秋沢・社員がやってくる。

社員　それで、本日はどのような銘柄を？
秋沢　日清食品の株をお願いします。三十万で買えるだけ。
社員　今でしたら、日本マクドナルドがお薦めですよ。
秋沢　いや、僕は日清食品を。
社員　七月に銀座に一号店ができたでしょう？　あれが大評判になって、今、凄い勢いで値上がり中なんです。
秋沢　でも、僕は日清食品を。
社員　あなた、もう食べました、ハンバーガー？　最初はちょっと抵抗がありますけど、こうやって両手で持って、勇気を出してかじると、ジューシーなお肉のうまみが口いっぱいに広がって、気づいた時には食べ終わっちゃってるんです。
秋沢　そんなにおいしかったんですか？
社員　私はまだ食べてません。今のは、テレビで言ってたことで。
秋沢　日清食品が今月からカップヌードルを発売したのはご存知ですか？
社員　カップルヌードル？　エッチ。
秋沢　カップルヌードルじゃなくて、カップヌードル。これもなかなかおいしいんですよ。だから、

社員

僕は日清食品の株を買います。
かしこまりました。

秋沢・社員が去る。

12

二〇〇九年五月、真帆のマンション。
真帆がパソコンを打ち始める。

真帆　それから、兄は毎月、証券会社に通った。窓口の社員は、次第に兄を尊敬の眼差しで見つめるようになった。なぜなら、兄の予想はことごとく当たったから。予想の秘訣を聞かれたこともあったが、兄はただの勘だとごまかした。どんなにお金を儲けても、兄はホテルを辞めなかった。兄には、どうしても会いたい人がいたのだ。そして、七年の月日が流れた。

一九七八年八月、馬車道ホテルのロビー。
浩二がやってくる。図面を持っている。反対側から、純子・栗崎がやってくる。

浩二　純ちゃん、見てくれよ、これ。（と図面を開く）
純子　（覗き込んで）何よ、これ？　どこのビル？

浩二　商工会の会長の紹介で、東京の建築デザイナーと知り合いになって。で、試しに、ざっと書いてもらったんだ。新しい馬車道ホテルを。
純子　うちのホテルを建て直すって言うの？　そんなお金がどこにあるのよ。
浩二　もちろん、借りるのさ。銀行にはもう話をつけてある。あと、他にも何人か、金を出してくれそうな人がいるんだ。
純子　ねえ、浩二、落ち着いて。建物を新しくすれば、それですぐにお客さんが来ると思う？
浩二　じゃ、純ちゃんはうちのホテルが潰れるのを黙って見てるつもりか？
純子　確かに、経営は苦しい。でも、昔からのお客さんは、うちのホテルの古さがいいって言ってくれてる。ここに来ると、昔に戻れるって。
浩二　これからは若い客をつかまなきゃダメなんだよ。そうだろう、栗崎？
栗崎　それはホテルによるんじゃないですか？　ヨーロッパのホテルは、古さを売りにしてるところも多いですよ。
浩二　何だと？
栗崎　（純子に）ちょっと表を見てきます。

栗崎が去る。

浩二　（純子に）何だよ、あいつ。誰か、偉いやつでも来るのか？
純子　栗崎君の彼女よ。彼、十二月に結婚することになってね。お父さんに仲人を頼んだの。で、

浩二　今日はその彼女を紹介してくれるって。まさか、あいつに先を越されるとはな。純ちゃん、俺たちもそろそろ踏ん切りをつけないと。

純子　あら、浩二も誰かと結婚するの？

浩二　そうやって、また惚ける。なあ、純ちゃん、俺がうちのホテルを何とかしようとしてるのは、みんな純ちゃんのためなんだぜ。一体、いつになったら、俺を認めてくれるんだよ。

そこへ、秋沢がやってくる。修理道具を持っている。

秋沢　純子さん、四階の客室のトイレ、直しておきました。

純子　ご苦労様。次の仕事に行く前に、これを見てくれない？（と図面を広げる）

秋沢　（図面を見て）ビルの完成予想図ですね？

浩二　うちのホテルを建て直そうと思うんだ。なかなかいいデザインだろう？

秋沢　僕はそうは思いません。このタイプは今の流行りみたいだけど、十年後には飽きられる。建築物としての価値は、今の方がずっと上ですよ。

浩二　待てよ。このホテルが建ったのは、大正の終わりだぜ。

秋沢　今は古臭いと思うかもしれませんが、やがて評価される日が来ます。建て直すのはやめた方がいいですよ。

純子　私もそう思う。浩二、あなたより楢原君の方が、先を見る目を持ってるみたいね。

浩二　俺が楢原を雇えって言った時は、あんなに反対したくせに。いつから、楢原の意見を聞くようになったんだ。

そこへ、栗崎・光代がやってくる。光代は胸にカメオをつけている。

栗崎　副支配人、紹介します。僕の婚約者の光代です。
光代　（純子に）はじめまして、梨田光代です。
純子　柿沼純子です。この度はご結婚、おめでとうございます。
栗崎　（光代に）浩二　こちらは専務の浩二さんだ。
光代　（光代に）あんたの顔、見たことがあるな。前にどこかで会ったか？
浩二　もしかして、うちのデパートに買い物にいらしたんじゃないですか？
栗崎　へえ、あんた、デパート・ガールか。
光代　去年、セーターを買いに行った時、売り場に彼女がいましてね。柄とかデザインとか、いろいろ相談に乗ってくれて。気づいた時には三枚も買わされてました。
純子　いやだ。あの時は、あなたがもう一枚、もう一枚って言うから。
栗崎　あなたと話をする時間を少しでも引き延ばしたかったのよ。（栗崎に）そうでしょう？
　ええ、はっきり言って、一目惚れでした。彼女は、静岡の和菓子屋の一人娘でしてね。お義父さんが、婿にならないなら結婚は認めないって言い張って。でも、俺はどうしてもこのホテルで働きたくて。で、名字だけ継ぐってことで、何とか許してもらったんです。

浩二　それじゃ、おまえの名字は梨田になるのか。
光代　栗崎さん、あちらの方は？
栗崎　忘れてた。（と秋沢に歩み寄って）こちらは施設係の楢原さんだ。
光代　（秋沢に）はじめまして。
浩二　（秋沢に）どうしたんだよ、ポーっとして。まさか、おまえも一目惚れしたのか？
秋沢　違いますよ。（光代に）そのカメオ。
栗崎　あ、それは俺が誕生日にプレゼントしたんです。ちょっと高かったけど、彼女がどうしてもって言うんで。
秋沢　イタリアの、ジュゼッペ・ペルニーチェのカメオですよね？
栗崎　（光代に）そうだっけ？
光代　そうよ。私、この人のカメオが大好きなの。楢原さんもお好きなんですか？
秋沢　僕も昔、その人のカメオをプレゼントしようとしたことがあるんですよ。結局、渡せなかったけど。
純子　それって、いつの話？
秋沢　ここに来る前。八年も前の話ですよ。
栗崎　（光代に）それじゃ、支配人室に行こうか。

純子・栗崎・光代が去る。

浩二　楢原、明日から、仕事の指示は俺が出す。出勤したら、まず俺の所に来い。
秋沢　でも、施設のことは純子さんの方が。
浩二　純ちゃんとは二度と口をきくな。これは命令だ。

秋沢・浩二が去る。
一九七八年九月、支配人室。
純子・英太郎がやってくる。反対側から、秋沢がやってくる。

英太郎　(秋沢に) 仕事中に呼びつけて、すまなかったな。今日は、君に相談したいことがあるんだ。うちのホテルの経営についてなんだが。
秋沢　でも、僕は施設係ですよ。
英太郎　わかってる、わかってる。しかし、これは君にも関係のある問題なんだ。実は、来年の春に予定していた改築計画が、ここに来て、中止せざるを得ない状況になってね。おかげで、うちのホテルは巨額の債務を背負うことなってしまった。で、思い切って、希望退職者を募ることにしたんだ。
秋沢　つまり、僕に辞めろと仰るんですね?
英太郎　そんなことは言ってない。純子は君の仕事ぶりを高く買ってるし。
秋沢　純子さんが?
純子　私は社員全員を公平に評価しているつもりです。

英太郎　（秋沢に）退職を希望した者は全部で十名。その結果、人事異動が必要になってね。君には施設係からフロントに移ってもらいたいんだ。
秋沢　僕がフロントに？
英太郎　聞くところによると、君は英語がうまいそうじゃないか。外人客から苦情が出ると、君が相手をするんだって？　それだけの力がありながら、裏の仕事をさせておくのは惜しい。
秋沢　僕は別に構いませんが、フロントの人数が多くなりすぎませんか？
英太郎　その心配はいらない。栗崎が退職するから。
秋沢　栗崎君が？　でも、彼は十二月に結婚するんですよね？
純子　本人の希望なの。うちを辞めて、この前来た、梨田さんの家で働くって。もともと、お義父さんに、跡を継げって言われてたのよね。
秋沢　でも、栗崎はフロントとして、優秀ですよ。辞めさせるのは惜しい。
純子　あなたをフロントに推薦したのは栗崎君なのよ。楢原さんがフロントに移れば、自分は必要ない。そう、栗崎君は言ったの。
秋沢　栗崎君より前に、辞めさせるべき人間がいるんじゃないですか？
英太郎　君は浩二のことを言っているのか？
秋沢　経営が悪化したのは、彼の責任でしょう？　彼が無謀な改築計画を押し進めたから。
英太郎　浩二の両親が亡くなったことは知っているかね？
秋沢　いいえ、初めて聞きました。
英太郎　東京大空襲の時、家に焼夷弾が落ちてね。浩二一人が生き残った。その時、浩二は三歳だった。私はすぐにあいつを引き取った。そして、純子と同じように育てた。あいつは今でも私をおじさんと呼ぶが、私にとっては息子みたいなものだ。私の夢は、浩二と純子が一緒になって、このホテルを続けていくことなんだ。

純子　お父さん、その話はやめてって言ったはずよ。

英太郎　そうだったな。どうだ、楢原君。フロントをやってくれるか。

秋沢　支配人のお気持ちはよくわかりました。でも、少しだけ考えさせてください。

英太郎　わかった。

秋沢が去る。

英太郎　確かに、浩二には思慮の浅いところがある。しかし、あいつのおまえに対する気持ちは、真剣だ。そろそろ認めてやってもいいんじゃないか？

純子　でも、私には、浩二は弟としか思えないの。

英太郎　他に好きな人がいるのか？　まさか。

純子が去る。後を追って、英太郎が去る。
宿直室。
秋沢がやってくる。ノートパソコンを開いて、キイを叩く。

秋沢　どういうことだ？　馬車道ホテルが倒産してる。

そこへ、紘末がやってくる。

紘末　いつの記事？
秋沢　一九七九年の三月三十日、今から半年後だ。「馬車道ホテル倒産、負債額は一億」。
紘末　歴史が変わったってこと？　でも、どうして？
秋沢　たぶん、俺がここに来たからだ。
紘末　でも、あなたは施設係として、まじめに働いてきた。経営が悪化したのは、浩二さんのせいでしょう？
秋沢　バタフライ効果ってやつだ。初期条件にわずかでも差があると、その差は時間の経過とともに拡大して、実験結果を全く別のものにしてしまう。ブラジルの揚羽蝶の羽ばたきが、テキサスでトルネードを起こすこともあるんだ。
紘末　それじゃ、父が辞めたのも。
秋沢　俺が来なければ、辞めなかった。君のご両親は静岡に行くらしい。君は静岡で生まれて、静岡で育つことになるだろう。それでもし、地元の大学に進んだら……。
紘末　私とあなたは出会わなくなるの？
秋沢　ちょっと待て。この記事は……。
紘末　今度は何？

秋沢　さっきの記事の一カ月後だ。「広川縫製が不渡り」。
紘末　そんな、私の会社まで？

秋沢・紘末が去る。

13

二〇〇九年五月、真帆のマンション。
真帆がパソコンを打ち始める。

真帆　このままでは、紘未の人生が変わってしまう。それを防ぐためには、自分の手で何とかするしかない。翌日、兄は辞表を出した。支配人と純子さんには引き止められたが、もはや一刻の猶予もなかった。株の一部を売って、鎌倉に家を買い、新しい仕事の準備を整えた。そして、一カ月後、馬車道ホテルの経営陣を家に呼び寄せた。

一九七八年十月、楢原邸。
芽以子がやってくる。後から、純子・英太郎・浩二がやってくる。

芽以子　こちらでお待ちください。
浩二　なあ、芽以子さん、なぜあんたがここにいるんだ?
純子　(芽以子に)競馬で大儲けして、スナックを始めたんじゃなかったの?

芽以子　始めたよ。でも、その店が全然流行らなくて、借金が膨れ上がっちまってね。で、楢ちゃんに泣きついたら、借金を肩代わりしてくれて、おまけに家政婦として雇ってくれたんだ。
浩二　それじゃ、この屋敷は本当に楢原のものなのか？
芽以子　そうだよ。あんた、表札を見なかったのかい？
浩二　見たことは見たけど、どうしても信じられなくて。
英太郎　ついこの間まで、うちで働いていた男が、こんな豪邸に住んでいるとはな。（芽以子に）彼も競馬で大儲けしたのか？
芽以子　違うよ。ホテルの給料を元手にして、株の売り買いをしたんだ。三十万を、七年かけて十億にしたんだよ。
浩二　十億？

そこへ、秋沢・広川がやってくる。

広川　楢原さん、ありがとうございます。ここに来るまでは、借金のことで頭がいっぱいで、飯もろくに喉を通らなくて。でも、今日からは安心して、腹いっぱい食えます。
秋沢　おいしいご飯を食べなければ、いい仕事はできませんからね。
広川　いや、全くその通りです。まあ、飯の話は置いといて、あなたが出資してくださらなかったら、私は首を括るしかなかった。本当に感謝しています。
秋沢　僕は広川縫製の未来を信じています。三十年後には、日本を代表するアパレルメーカーに

広川　なる。
秋沢　アパレルメーカー？
広川　服を作って、売る会社のことです。日本を代表するアパレルメーカーか。そうなれるように、命懸けで頑張りますよ。それではまた。

広川が去る。

秋沢　（英太郎に）お待たせしてすみませんでした。
浩二　今の男は誰だ？
秋沢　広川縫製って会社の社長さんです。僕はあの人の会社に出資するんですよ。僕がホテルを辞めたのは、投資の仕事を始めるためだったんです。
浩二　株で儲けた、十億を元手にしてか？
秋沢　芽以子さん、話したの？
芽以子　私、お紅茶を淹れて参りますわ。

芽以子が去る。

純子　（秋沢に）それじゃ、あなたが電話で言ってた、うちのホテルに出資してくれる人って

秋沢　……。

英太郎　ええ、僕です。隠していて、申し訳ありませんでした。でも、最初に言ったら、信じてくれなかったでしょう？

秋沢　確かに、その通りだ。しかし、なぜ君はうちのホテルに？

英太郎　馬車道ホテルには可能性があります。今、経営を改革すれば、二十一世紀まで続く、立派なホテルになる。三十年後には、ホテルのレストランで、結婚の約束をするカップルだって——

秋沢　カップルはともかく、経営を改革するってどういうこと？

純子　出資するには、いくつか条件があります。一つ目は、最上階にレストランを作ること。これからのホテルは、お客さんを呼ぶための目玉が必要です。レストランは目玉になる。一流のシェフを雇って、横浜一の料理を提供するんです。

秋沢　しかし、それには金がかかるだろう。

浩二　費用はすべて、僕が出します。二つ目は、支配人が退任すること。

秋沢　楢原君、いくら何でも、その条件は飲めない。うちのホテルを今日まで支えてきたのは、父なのよ。

純子　いや、私も今年で六十三だ。そろそろ引き際かと思っていた。

英太郎　お父さん、本当にいいの？

純子　後は浩二に任せるよ。

英太郎　申し訳ありませんが、支配人は浩二さんでなく、純子さんにやっていただきます。

秋沢

純子　私が？
秋沢　ええ。あなたなら、馬車道ホテルを建て直すことができる。
浩二　てことは、俺は副支配人か？
秋沢　あなたは専務のままです。ただし、経営には一切口出ししないでください。
浩二　肩書きだけ残して、実質、ヒラに格下げか。笑わせるな！　おまえ、誰のおかげで、うちのホテルに雇ってもらえたと思ってるんだ。
秋沢　そのご恩は競馬の予想でお返ししたはずです。
浩二　俺を追い出して、ホテルと純ちゃんを独り占めにするつもりか？
秋沢　違います。僕は馬車道ホテルを守りたいだけです。
浩二　黙れ！
英太郎　落ち着け、浩二。文句を言う前に、楢原君の話を最後まで聞こうじゃないか。（秋沢に）それで、他の条件は？
秋沢　三つ目は、栗崎君を呼び戻して、副支配人にすること。
浩二　ふざけるな！　あんなやつに副支配人が務まると思ってるのか？
秋沢　彼にはホテルマンとしての才能があります。経営を改革するには、ぜひとも必要な人材です。
浩二　勝手にしろ。あんな古臭いホテル、誰が何をしたって、潰れるに決まってる。
秋沢　いいえ、馬車道ホテルは必ず蘇ります。
浩二　やけに自信たっぷりだな。おまえには未来がわかるのか？　また例のおかしな機械で、未来を予想したのか。

秋沢　理屈で考えれば、誰にでもわかることです。いきなり経営から外されて、悔しいのはわかります。でも、あなたはまだ若い。これから努力すれば、いつかは支配人になれるかもしれない。

浩二　（秋沢の胸ぐらをつかんで）俺に命令するな。俺の未来は、俺が決める。

浩二が秋沢を突き飛ばす。浩二が去る。

英太郎　すまないな、楢原君。

秋沢　彼が怒るのは当然です。でも、馬車道ホテルを建て直すためには、こうするしかないんです。

英太郎　浩二のことは気にしなくていい。私はやつを甘やかしすぎたようだ。

秋沢　それじゃ、僕の提案を受け入れてくださるんですか？

英太郎　ああ、すべて、君の言う通りにする。純子もそれでいいな？

純子　お父さんがそう言うなら。（秋沢に）でも、一つ聞かせて。どうして私が支配人なの？

秋沢　僕はあなたの仕事ぶりを八年間見てきました。あなたになら、馬車道ホテルを任せられる。もし女性が経営者になることに抵抗を感じているなら、それは大きな間違いです。これからの時代は、女性も積極的に経営に参画するべきなんです。

純子　わかった。ありがとう、楢原君。（と頭を下げる）

純子・英太郎が去る。
一九七八年十一月、馬車道ホテルのロビー。
栗崎がやってくる。

栗崎 楢原さん、ありがとうございました。あなたのおかげで、またこのホテルで働けることになりました。

秋沢 どうだい、副支配人の仕事は？

栗崎 朝から晩まで、目が回るほど忙しくて。おかげで、昼飯はいつもカップヌードルです。一つじゃ足りないんで、二つ。

秋沢 ビッグが出るのは、もう少し先だからな。とにかく、君には頑張ってもらうしかない。馬車道ホテルの未来は、君の肩にかかってるんだから。それに、もうすぐ結婚するんだろう？

栗崎 ええ、式は来月です。光代のためにも頑張ります。

そこへ、純子・英太郎がやってくる。

純子 いらっしゃい、楢原君。

秋沢 お招き、ありがとうございます。でも、レストランの開店は明日からなんですよね？

純子　その前に、ぜひともあなたに見てもらいたくて。
英太郎　（秋沢に）で、ついでに、私も招待してくれたというわけだ。
純子　今夜は、うちのレストランの目玉料理をご馳走します。後で感想を聞きたいから、お酒は控え目にね。
秋沢　今日は浩二さんは？
純子　誘おうとは思ったんだけど、居場所がわからなくて。
秋沢　何かあったんですか？
英太郎　君の家に行った日から、夜中に飲み歩くようになってね。ひどい時は、三日も四日も帰ってこない。どうせ、仲間の家に泊まっているんだろうが。
純子　（秋沢に）私は、早く次の仕事を探せって言ってるんだけど。
英太郎　（秋沢に）まあ、浩二も根は悪いやつじゃない。我慢して待ってれば、そのうち立ち直るだろう。うちのホテルだって、レストラン目当ての客がわんさと押しかけてくるに違いない。後は、君が純子と一緒になってくれれば、言うことなしだ。
秋沢　ちょっと待ってください。僕と純子さんはそういう関係じゃありません。
英太郎　君はそう言うだろうが、純子はどうかな。（純子に）浩二との結婚をためらったのは、楢原君のせいじゃないのか？
純子　やめてよ、お父さん。楢原君が困ってるじゃない。
栗崎　楢原さん、お電話です。（と受話器を差し出す）
秋沢　僕に？

栗崎　ええ、浩二さんからです。

　　秋沢が受話器を取る。別の場所に、浩二がやってくる。受話器とノートパソコンを持っている。

秋沢　代わりました。楢原です。
浩二　芽以子さんに聞いたぜ。今夜は純ちゃんとデートだって？
秋沢　違います。レストランの試食会に招かれたんです。それより、あなたは今、どこにいるんですか。純子さんも英太郎さんも、あなたのことを心配してるんですよ。
浩二　俺が今、どこにいるかって？　聞いて、驚くなよ。おまえの家だ。
秋沢　なぜ僕の家に？
浩二　おまえの大事な機械を手に入れるためさ。
秋沢　あなたにその機械の操作はできない。
浩二　おまえはバカか？　たとえ操作できなくても、ちょっと持ち上げて、床に叩きつけることはできるんだぜ。
秋沢　やめろ。
浩二　やめてほしかったら、うちのホテルから手を引け。
秋沢　どういう意味だ。
浩二　わからないのか？　俺たちの前から消えてなくなれって言ってるんだ。
秋沢　僕を追い出して、何をするつもりだ。栗崎君をクビにして、副支配人になるつもりか。

浩二　馬車道ホテルは俺のものだ。自分のものを取り返して、何が悪い。
秋沢　君の思い通りにはさせない。機械が壊したければ、壊すがいい。そんなものがなくても、僕は生きていける。
浩二　交渉決裂か。ところで、一つ聞いてもいいか？（とノートパソコンを開いて）ここに映ってるのは、栗崎の彼女だよな？　おまえ、あの女とどういう関係だ。
秋沢　それは君の誤解だ。その写真は――
浩二　しらばっくれるなら、それでもいい。本人に聞くだけだ。

浩二が去る。秋沢が受話器を置く。

秋沢　栗崎君、光代さんは今、どこにいる？
栗崎　（腕時計を見て）七時か。もうアパートに帰ってると思いますけど。
秋沢　今すぐ電話して、確かめてくれ。頼む。
栗崎　わかりました。（と受話器を取る）
純子　（秋沢に）浩二のやつ、何をしたの？
秋沢　僕の家に押し入って、大事な機械を盗んだんです。それで、返してほしかったら、ホテルから手を引けと。
英太郎　なんてことだ。すまない、楢原君。すまない。
秋沢　あなたが謝ることじゃありません。栗崎君、どうだった？

秋沢　それじゃ、浩二の方が先に着いたってことか？　でも、僕の家の方がずっと遠いのに。
栗崎　光代は浩二さんに連れ去られたんですか？
秋沢　わからない。でも、その可能性が高いと思う。
栗崎　どうして？　浩二さんが僕を恨むのはわかります。あの人を飛び越して、副支配人になったんだから。でも、光代は何の関係もない。
秋沢　彼女は君の大事な婚約者だ。人質にすれば、僕が言うことを聞くと思ったんだろう。
栗崎　そんな……。

電話が鳴る。栗崎が受話器を取る。別の場所に、純子がやってくる。純子は受話器を持っている。

栗崎　もしもし、光代か？
純子　栗崎君？　純子です。光代さんはいなかったの？
栗崎　ええ、部屋は空っぽでした。あれ？（と電話の横のメモ帳を取る）
秋沢　どうした？
栗崎　「鎌倉市山ノ内」……。
秋沢　僕の家の住所だ。浩二のやつ、光代さんを僕の家に呼び出したんだ。
純子　どうしたの、栗崎君？
栗崎　光代は楢原さんの家に行ったようです。僕らも今から行きます。

栗崎が受話器を置く。秋沢・栗崎が走り去る。純子も去る。

楢原邸。

浩二・光代がやってくる。浩二はノートパソコンを持っている。

光代　あの、楢原さんは？

浩二　すぐに会わせてやるよ。でも、その前に、俺の質問に答えろ。楢原とはいつ知り合った。

光代　この前、ホテルにお邪魔した時です。

浩二　惚けるな。あんたと楢原が深い仲だってことはわかってるんだ。

光代　それは何かの間違いです。私は、楢原さんとは一度しかお会いしてません。

浩二　だったら、なぜノコノコ会いに来た。

光代　それは、あなたが電話してきたからでしょう？　楢原さんが私に会いたいって言ってるって。私も一度お会いして、お礼が言いたいと思ってたんです。栗崎がホテルに戻れたのは、楢原さんのおかげだから。

浩二　純情そうな顔をして、嘘がうまいな。そうやって、栗崎も騙したのか？

光代　騙してなんかいません。

浩二　本当は、栗崎のことなんか何とも思ってないんだろう？　楢原に命令されて、近づいたんだろう？

光代　あなたが何を言ってるのか、わかりません。早く、楢原さんに会わせてください。

浩二　いいから、黙って聞け！　俺が馬車道ホテルに来たのは三つの時だ。それから今日まで、

栗崎　三十年以上も過ごしてきた。俺にとっては、我が家も同然なんだ。おまえや楢原には絶対に渡さない。

そこへ、秋沢・栗崎が走ってくる。

浩二　光代！
栗崎　いいところに来たな、栗崎。おまえに見せたいものがあったんだ。
浩二　見せたいもの？
秋沢　おまえの彼女の浮気の証拠だ。（とノートパソコンを開く）
浩二　やめろ！
栗崎　（ポケットからナイフを出して）動くな！　怪我をしたくなかったら、そこでじっとしてろ。栗崎、この写真を見ろ。
光代　（画面を見て）これは……。
浩二　（画面を見て）違う。これは私じゃない。髪型だって違うし、こんな服、持ってない。
栗崎　でも、顔はそっくりだ。（栗崎に）おまえもそう思うだろう？
浩二　ええ。でも、この人は光代じゃない。別人です。
栗崎　バカを言うな。
浩二　光代は僕の妻になる人です。僕が見間違えるはずありません。
　　じゃ、一体誰だって言うんだ。

秋沢　君には前に話をしただろう。それは僕の妻だ。八年前に、事故で亡くなったんだ。
浩二　そんなデタラメを信じると思うか？
栗崎　僕は信じますよ。楢原さんが嘘をつくはずがない。光代、帰ろう。

浩二が栗崎にナイフで切りかかる。栗崎が左腕を押さえて、倒れる。

光代　栗崎さん！（と栗崎に駆け寄る）
浩二　（秋沢にナイフを向けて）楢原、電話で言った話は覚えてるか。
秋沢　ホテルから手を引けって話か。
浩二　そうだ。
秋沢　わかった。君の言う通りにする。だから、ナイフを下ろせ。
浩二　俺がそんな口約束を信じると思うか？　今、この場で小切手を切れ。額面は一億だ。
栗崎　一億？　そんな大金を何に使うんです。
浩二　その金で、俺が支配人になるのさ。純子は副支配人に降格、おまえはクビだ。
秋沢　金ならいくらでもやる。だから、ホテルのことは諦めろ。
浩二　断る。あのホテルは俺のものだ。（とノートパソコンを持ち上げる）
秋沢　何をする。
浩二　小切手を切れ。十数える間に切らないと、こいつを床に叩きつける。

栗崎が浩二の腕をつかむ。浩二が栗崎の手を振り払い、ナイフで切りかかる。栗崎が避ける。秋沢がノートパソコンをつかむ。浩二が秋沢にナイフで切りかかる。秋沢が避けて、ノートパソコンをつかんだまま、倒れる。栗崎が浩二に殴りかかる。浩二が避けて、栗崎の左腕を叩く。栗崎が跪く。浩二が光代の腕をつかみ、ナイフを突き付ける。

栗崎　光代！

浩二　（秋沢に）やっぱり、その機械が大事らしいな。

秋沢　今、小切手を切る。だから、光代さんを放せ。

浩二　俺がほしいのは、小切手とその機械だ。

秋沢　こいつを持っていって、何になる。

浩二　競馬を予想したり、写真を映したり、こんな便利な機械は聞いたこともない。家電メーカーにでも持っていけば、かなりの金で買ってくれるはずだ。

秋沢　一億あれば、十分だろう。今までのことは忘れて、一からやり直せ。

浩二　黙れ！　俺に命令するな！　おまえさえいなければ、ホテルは俺のものになった。純子だって……。おまえは俺の人生をメチャクチャにしたんだ。

秋沢　そうかもしれない。僕が君と出会わなければ、君の人生は全く別のものになっていたのかもしれない。でも、君の人生を選んだのは、君自身だ。誰かに強制されたわけじゃない。

浩二　黙れ。

秋沢　諦めるのはまだ早い。純子さんが本当に好きなら、一からやり直すんだ。

浩二　今さら、手遅れだ。楢原、小切手と機械をこっちによこせ。よこさなければ、こいつを殺す。

光代が浩二が手を振り払う。が、浩二がすぐに光代の腕をつかみ、捩じる。

秋沢　やめろ！　その人に乱暴するな！
浩二　なぜ止める？　やっぱり、こいつと出来てるのか？
秋沢　そうじゃない。その人は今、妊娠してるんだ。
浩二　デタラメを言うな！

秋沢がノートパソコンを床に叩きつける。

浩二　楢原、おまえ……。
秋沢　これでこいつはただの箱だ。ほしければ、持っていけ。
浩二　そんなことをして、こいつがただで済むと思ってるのか？（とナイフを振りかざす）
栗崎　やめろ！

そこへ、純子が走ってくる。

純子　やめなさい、浩二！

浩二が振り返る。栗崎が浩二の腕をつかむ。浩二が光代を放し、栗崎にナイフで切りかかる。栗崎が避ける。秋沢が浩二の腕をつかむ。浩二が秋沢の手を振り払う。秋沢が倒れる。栗崎が浩二に殴りかかる。浩二が避けて、栗崎にナイフで切りかかる。栗崎が避けて、倒れる。光代が栗崎に駆け寄る。浩二が光代の腕をつかむ。光代が浩二の顔を叩く。浩二がナイフを振り上げる。秋沢が浩二の腹をノートパソコンで叩く。浩二が跪き、秋沢の左足の腿をナイフで刺す。純子が秋沢に駆け寄る。秋沢が浩二に右手を差し出す。浩二がナイフを落とす。秋沢がナイフを拾う。

光代　楢原さん、大丈夫ですか？
純子　かなり深く刺さったみたい。すぐに病院へ行かないと。
光代　楢原さん、ありがとうございました。
秋沢　僕の方こそ、あなたを危ない目に遇わせちゃって。本当にすみませんでした。
光代　どうして知ってたんですか？　私のお腹に赤ちゃんがいること。
純子　え？　あなた、妊娠してるの？
光代　先週、病院に行って、わかったんです。このことは、私と栗崎さんしか知らないはずなのに。
秋沢　浩二の気を削ぐために、思いつきを言っただけですよ。でも、あなたが無事でよかった。お腹の子も無事で。

光代・純子が秋沢を支えて、去る。浩二・栗崎も去る。

15

二〇〇九年五月、真帆のマンション。
真帆がパソコンを打ち始める。

真帆　兄はすぐに病院に運ばれた。怪我は思ったよりも重傷で、二カ月も入院。その間に何度も手術をしたが、結局、元の状態には戻らなかった。しかし、兄は警察には訴えなかった。こうなった責任は自分にあると思ったから。馬車道ホテルのレストランは予定通りに開店し、栗崎さんと光代さんは無事、十二月に結婚式を挙げた。そして、一九七九年五月。

一九七九年五月、横浜大学付属病院の新生児室の前。
純子がやってくる。立ち止まって、ガラス越しに新生児室を覗く。そこへ、看護婦に案内されて、秋沢がやってくる。秋沢は杖をついている。

看護婦　ほら、ここが新生児室ですよ。
純子　楢原君、どうしてここに？

秋沢　いや、その、栗崎君に娘が生まれたって聞いたんで。
純子　栗崎じゃなくて、梨田よ。
看護婦　（秋沢に）お友達ですか？
純子　私たち、梨田光代さんの知り合いなんです。彼女の赤ちゃんに会いに来たんですけど、見当たらなくて。
看護婦　え？　いませんか？（と新生児室を覗いて）ああ、今、授乳時間なんですよ。隣の授乳室でおっぱいをもらったら、すぐに戻ってきます。
秋沢　（新生児室を覗いて）あ、あれかな？
看護婦　そうです、そうです。あの子は、今朝生まれた子ですね。お母さんは初産だったから、丸一晩かかっちゃって。お父さんはその間、ずっと廊下で待ってたんですけどね。私が抱っこして、見せに行ったら、いきなりおいおい泣き出しちゃって。泣き声が病院中に響いて、大変でした。
純子　あの人、見かけに寄らず、純情だから。
看護婦　（指差して）梨田さんの病室はあちらです。お会いになっていくんでしょう？
純子　ええ。ありがとうございました。

看護婦が去る。

純子　とっても元気そうな子ね。どっちに似てるのかな。

秋沢　母親似ですよ、きっと。それじゃ、僕は失礼します。
純子　もう帰るの？　光代さんに会って行かないの？
秋沢　仕事が忙しいんで。
純子　あなた、今、どこに住んでるの？　ビックリしたのよ。誰にも言わずに、引っ越すんだもの。近所の人に聞いても、知らないって言うし。もしかして、事業に失敗したの？
秋沢　違いますよ。
純子　だったら、住所を教えて。それから、またうちのホテルに顔を出してよ。あなたは大株主なんだから、いろいろ意見を言ってもらわないと。
秋沢　馬車道ホテルはもう大丈夫です。経営が悪化することは二度とありません。
純子　どうしてそんなことがわかるの？　今の私は、目の前の仕事を片づけるので精一杯。あなたの助けが必要なのよ。
秋沢　僕はこれ以上、あなたたちと関わるわけには行かないんです。
純子　どうして？
秋沢　（ポケットからカメオを取り出して）あなたたちをこうしたくないからです。
純子　光代さんのカメオね？
秋沢　浩二さんと揉み合った時、床に落ちたんでしょう。浮き彫りの部分が砕けてしまった。僕があなたたちと関わり続ければ、また同じことが起こるかもしれない。下手をしたら、もっとひどいことだって。
純子　悪いのは浩二よ。あなたのせいじゃない。

秋沢　そうだとしても、僕はこれ以上、あなたたちの人生を変えたくない。だから、黙って、引っ越しました。名前も変えました。僕のことは忘れてください。
純子　だったら、どうしてここに来たの？　本当に忘れてほしかったら、来なかったはずよ。
秋沢　僕も迷ったんです。でも、どうしても紘未の顔が見たくて――
純子　紘未？
秋沢　あの子の名前ですよ。確か、紘未って名前でしたよね？
純子　そうよ。でも、そのことは、まだ誰も知らないはず。私も今朝、梨田君に聞いたの。
秋沢　僕もですよ。僕も梨田君に電話をもらって――
純子　梨田君はあなたの家の電話番号を知らない。だって、あなたは私たちの前から姿を消したんだから。楢原君、あなたはどうしてあの子の名前を知ってたの？　どうしてあの子が今朝生まれたことを知ってたの？

秋沢　……。
純子　あなたが初めてうちのホテルに来た時、うわごとで女の人の名前を言った。紘未って。それって、もしかして……。
秋沢　純子さん……。
純子　紘未って、あの子のことだったの？
秋沢　純子さん、僕の妻が亡くなったことは知ってますよね？　妻の名前は紘未というんです。
純子　紘未？
秋沢　信じてくれますか？　あの子が僕の妻なんです。僕は今から二十九年後に、あの子と結婚するんです。

純子　ちょっと待って。あなたがあの赤ちゃんと結婚する？

秋沢　嘘じゃありません。詳しい話は、僕の家でしましょう。新しい家は石川町にあります。それから、僕の新しい名前は楠本です。楠本憲一。

秋沢・純子が去る。

真帆　兄は純子さんにすべてを話した。そして、これからは紘未を遠くから見守りたい、何かあったら助けに行きたいと言った。純子さんは信じた。そして、私にあなたの手伝いさせてと言った。そして、十三年後。

一九九二年四月、中学校の正門。
光代・十二歳の紘未がやってくる。反対側から、栗崎が走ってくる。カメラを持っている。

栗崎　ごめん、ごめん、遅くなっちゃって。

十二歳の紘未　お父さん、入学式、もう終わっちゃったよ。

栗崎　会議が長引いたんだ。お詫びに今夜はご馳走するよ。何でも食べたいものを言ってごらん。

十二歳の紘未　馬車道ホテルのレストラン・ディナー。

光代　それじゃ、お父さんは仕事場に逆戻りじゃない。紘未も中学生になったんだから、あんまりわがままを言わないの。

十二歳の紘未　いいでしょう、お父さん？

栗崎　わかった。今日だけはわがままを許そう。その前に、記念写真だ。

栗崎が光代・十二歳の紘未の写真を撮り始める。遠くに、秋沢・純子がやってくる。秋沢は杖をついている。

純子　（十二歳の紘未を見て）紘未ちゃん、ずいぶん大きくなったね。

秋沢　大人になれば、横にいるお母さんそっくりになりますよ。

純子　せっかくここまで来たんだから、紘未ちゃんにおめでとうって言ってきたら？　梨田君たちは、私が相手をしてるから。

秋沢　それはできません。紘未は、楠本憲一という人間を覚えてなかった。僕は、彼女の前に顔を出しちゃいけないんです。

純子　別に名前を言う必要はない。おめでとうって言うだけよ。だから、ね？

純子が栗崎・光代に歩み寄り、三人で話し始める。十二歳の紘未が秋沢に歩み寄る。

十二歳の紘未　お父さんのお友達ですか？

秋沢　え？　どうして？

十二歳の紘末　だって、ずっと私たちの方を見てたから。
秋沢　悪かったね、ジロジロ見て。実は、君が僕の友人の娘に似ていてね。それでつい、気になってしまって。
十二歳の紘末　その子は何年生？
秋沢　君と同じ中一だ。残念ながら、その子の入学式には行けそうもない。だから、かわりに、君におめでとうって言わせてもらえるかな？
十二歳の紘末　いいですよ。
秋沢　おめでとう、紘末。
十二歳の紘末　どうして私の名前を知ってるの？
秋沢　それはその、君のお父さんの声が聞こえたから。
十二歳の紘末　うちのお父さん、声が大きいの。私が生まれた時、お父さんの泣き声が病院中に響いたんだって。
秋沢　君が生まれたことが、よほどうれしかったんだろう。その気持ちは僕にもわかるよ。
十二歳の紘末　おじさんにも娘がいるの？
秋沢　いない。生まれる前に、亡くなってしまってね。
十二歳の紘末　そう。おじさん、この近くに住んでるの？
秋沢　近くではないが、横浜市内だ。
十二歳の紘末　じゃ、きっとまた会えるね。それまで、元気でね。

十二歳の紘未が光代・純子・栗崎に歩み寄る。四人が去る。反対側へ、秋沢が去る。

真帆　その日を最後に、兄は紘未に近づくのをやめた。赤の他人が何度も現れたら、紘未に不審に思われてしまう。だから、仕方なく、諦めたのだ。そのかわり、紘未の成長は純子さんが定期的に報告してくれた。そして、九年後。

二〇〇一年四月、楠本邸のアトリエ。
秋沢がやってくる。絵を描き始める。反対側から、広川がやってくる。

広川　お久しぶりです、楢原さん。
秋沢　楢原じゃなくて、楠本です。
広川　そうでした、そうでした。（秋沢に）しかし、あなたが絵をお描きになるとは知りませんでした。見せていただいても、よろしいですか？
秋沢　いや、素人の手慰みで、とても人様にお見せできるレベルではありません。それに、これはあくまでも自分のために描いているので。
広川　そうですか。それは残念だな。
秋沢　その後、会社の方は順調のようですね。
広川　ええ、楠本さんのアドバイスに従って、自社ブランドを立ち上げたら、まんまと当たりましてね。来年は、中国に工場を建設することになりました。

秋沢　それはよかった。ところで、今日は広川さんに頼みがあるんです。
広川　楠本さんが私に？
秋沢　今年度の入社試験に、梨田紘未という子が応募してきていると思うんですが、できれば採用してやってほしいんです。
広川　梨田紘未さんですか。その子はあなたとどういうご関係なんですか？
秋沢　それは聞かないでください。とにかく、頼みます。
広川　わかりました。すぐに内定を出しましょう。
秋沢　いや、試験はちゃんと受けさせてください。それから、私が頼んだことは、本人に言わないでください。絶対に。
広川　楠本さん、あなたは二十三年前、縁もゆかりもない私に投資してくださった。何の見返りも求めずに。その後も、たまにアドバイスをくださるだけで、経営には一切口出しをなさらなかった。そのあなたが、初めて私に頼みがあると言ってくれた。私はうれしい。やっとあなたに恩返しが出来るんですから。
秋沢　勝手を言って、すみません。どうか、よろしくお願いします。（と倒れる）

純子がやってくる。広川・純子が秋沢を支えて、去る。

真帆　この時、兄は六十四歳。子供の頃から体が丈夫で、病気と言ったら、たまに風邪を引く程度。五十歳を過ぎてからは健康診断を受けるようになったが、それも通り一遍のもの。その油断がいけなかったのだ。

　二〇〇一年四月、医院。
　純子が秋沢を支えて、やってくる。反対側から、医師がやってくる。

医師　初めまして。院長の野方です。
秋沢　野方？　もしかして、野方耕市さんのお父さんですか？
医師　そうです。息子をご存知なんですか？
秋沢　何度かお会いしたことがあって。それより、先生、私の病名は？
医師　率直に言って、膵臓ガンの疑いがあります。すぐに設備の整った病院に転院して、精密検査を受けるべきです。横浜大学付属病院に知り合いがいるので、紹介状を書きましょう。
秋沢　手術すれば、助かりますか？
医師　確実なことは何も言えません。まずは検査してみないと。
秋沢　私はまだ死ぬわけには行かないんです。あと八年、何としても生きなければならない。その前に死んだら、何もかもが無駄になるんだ。
純子　楠本君、落ち着いて。
秋沢　助けてください、先生。
医師　病気との戦いがマラソン・レースだとしましょう。私たち医師にできるのは、ドリンクを渡したり、声援を送ったりすることだけ。ゴールできるかどうかは、ランナー次第。大切なのは、ランナーの走り続けようという意志なんです。

医師が去る。反対側へ、純子が秋沢の乗った車椅子を押して去る。

真帆　検査の結果は、初期の膵臓ガン。直ちに手術が行われ、兄は無事に生き延びた。純子さんはホテルを辞めて、兄に付き添うようになった。兄は走り続けた。事故の日というゴールを目指して。そして、七年後。

二〇〇八年二月、馬車道ホテルのレストラン。
ウェイターがやってくる。後から、純子が秋沢を乗せた車椅子を押して、やってくる。

ウェイター　こちらのお席へどうぞ。

純子が秋沢の車椅子をテーブルに寄せて、反対側の椅子に座る。

純子　二人はどこ?
秋沢　(指差して)ほら、向こうの窓際の席です。
純子　(見て)いた、いた。紘未さん、すっかりキレイになっちゃって。
秋沢　確かに。それに比べて、僕は……。

純子　ソワソワして、挙動不審な感じ。
秋沢　緊張してたんですよ。
純子　でも、とっても男前よ。
秋沢　（ウェイターに）君、一つ、頼みがあるんだが。
ウェイター　はい、何でしょう？
秋沢　（指差して）向こうの席に、若いカップルがいるだろう。彼らは今日、結婚の約束をするはずなんだ。そこで、私から二人にシャンパンを贈りたい。銘柄は君に任せる。あと、私のことは内緒にしてくれ。
ウェイター　わかりました。私にお任せください。

ウェイターが去る。

純子　懐かしいな。初めて会った頃のあなたが、あそこにいる。
秋沢　あの頃の僕は腐ってたんです。ロサンジェルスから呼び戻されて、ＳＦまがいの機械を作らされて。でも、紘未に怒られて、もう一度やる気を出した。
純子　今、ちょうど怒られてるところみたい。
秋沢　もうすぐですよ。もうすぐ、僕は決心します。紘未にプロポーズしようと。
純子　聞こえた？　今、結婚しようって。
秋沢　僕にも聞こえました。まさか、あんな大声を出していたとは。

純子　紘未さん、とっても幸せそう。
秋沢　泣いてるんですか？
純子　だって、何だか羨ましくて。
秋沢　すみませんでした。
純子　いいのよ。私は、生まれるのが早すぎた。でも、クロノス・スパイラルのおかげで、あなたと出会えた。知ってた？　私は今、とっても幸せなのよ。
秋沢　（胸を押さえて呻く）
純子　（秋沢を支えて）大丈夫？
秋沢　大丈夫です。こんな所で、死んでたまるか。
純子　すぐに病院に行かないと。
秋沢　あと一年ちょっとだ。来年の五月までは、死ぬわけには行かない。

純子が秋沢を乗せた車椅子を押して去る。

16

二〇〇九年五月、真帆のマンション。
真帆がパソコンを打ち始める。

真帆 兄は再び横浜大学付属病院に入院した。検査の結果はまたしても膵臓ガン。しかも、体のあちこちに転移していて、もはや手術は不可能だった。担当医の鈴谷先生の診断によると、余命は半年。つまり、事故の日までは生きられない。兄は広川縫製の社長に電話した。梨田紘未に会わせてほしいと。そして、紘未に話した。結婚式から今日までの、三十九年の日々を。

二〇〇八年三月、楠本邸の寝室。
純子が、秋沢を乗せた車椅子を押してくる。紘未もやってくる。

秋沢 私の話はこれで終わりだ。いきなりとんでもない話を聞かされて、さぞかし驚いたことだろう。

純子　（紘未に）覚えてる？　この人と、中学の入学式の日に話をしたこと。
紘未　ええ。（秋沢に）あなたはステッキをついていて、私におめでとうって言ってくれました。
秋沢　そうか。覚えていてくれたのか。
紘未　それに、楢原さんの話は、父から何度も聞かされました。若い頃、とてもお世話になったって。

純子　その楢原さんがこの人なのよ。今は楠本だけどね。
秋沢　（紘未に）私は事故の日まで生きられない。事故を阻止して、君を助けることができない。だから、こうして君に来てもらったんだ。私の話を信じてくれたかい？

紘未　あなたは秋沢里志さんなんですね？
秋沢　そうだ。今年で七十二歳だが。
紘未　私を助けるために、三十九年前に行ったんですね？
秋沢　そうだ。クロノス・スパイラルに乗って。
紘未　そして、今日まで、ずっと待っててくれたんですね？
秋沢　そうだ。君のことをずっと。
紘未　一つ教えてください。あなたにとって、私は何番目ですか？
秋沢　二番だ。
紘未　じゃ、一番は？
秋沢　研究なんかじゃないよ。君と、里志と、これから生まれてくる子供の未来だ。理屈で考えなくても、今ならわかる。

紘未　信じます。だって、あなたは間違いなく里志さんだから。
秋沢　約束してくれ。来年の五月十五日は、けっして一人で外に出ないと。里志と一緒に過ごすと。
紘未　約束します。絶対に里志さんから離れません。
秋沢　よかった。これで、今日まで待った甲斐があった。最後に、君に渡したいものがある。純子さん。
純子　（箱を差し出す）
秋沢　（紘未に）これは、私が君に渡そうとして、渡せなかったものだ。よかったら、受け取ってくれ。
紘未　（箱を受け取って）ありがとうございます。
秋沢　こちらこそ、ありがとう。ありがとう。

紘未が去る。反対側へ、純子が、秋沢の乗った車椅子を押して去る。

真帆　その日の夜、紘未は兄にすべてを話した。私も一緒に聞いていたのだが、あまりに現実離れした話で、すぐには信じられなかった。それは、兄も同じだったと思う。それから、一年。兄と紘未はレストランの庭で結婚式を挙げ、イタリアへ新婚旅行に行き、アツアツの新婚生活を送った。何もかもが、もう一人の兄の言った通りになった。今、私は確信している。もう一人の兄の話は、すべて事実だったと。だから、私はこの物語を書いた。もう一人の兄がしたことを、記録として残すために。そして、ついに運命の日がやってきた。
二〇〇九年五月十五日。

二〇〇九年五月十五日、秋沢のマンション。
真帆が立ち上がる。

真帆 お兄ちゃん！ 紘未！

そこへ、紘未がやってくる。

紘未 真帆、会社はどうしたの？
真帆 休んだに決まってるでしょう？ こんな大事な日に、仕事なんかできるわけないじゃない。
あれ？ お兄ちゃんは？ まさか、会社に行ったんじゃないでしょうね？
紘未 ううん。今日は一日、家にいて、私と一緒に過ごしてくれるって。
真帆 当然よ。もし会社に行こうとしたら、私が実力で阻止してやる。
紘未 朝ごはんは食べた？ 私たち、起きるのが遅かったから、これからなんだけど。
真帆 よく食事なんかする気になるね。ねえ、事故が起きたのって、何時何分だっけ？
紘未 もう一人の里志さんの話だと、午前九時四十五分頃。
真帆 (腕時計を見て) え？ じゃ、あと三分？

そこへ、秋沢がやってくる。箱を持っている。

秋沢　真帆、なぜおまえがここにいる。
真帆　紘未のことが心配で、駆けつけたのよ。あれ？　その手に持ってるものは何？
秋沢　紘未にプレゼントだよ。（と箱を差し出して）紘未、誕生日おめでとう。
紘未　ありがとう。これ、カメオでしょう？
秋沢　よくわかったな。君がほしがってた、ジュゼッペ・ペルニーチェのカメオだよ。
紘未　実は私、もう一つ持ってるのよ。（とポケットから箱を出す）
秋沢　そうなのか？　そんな話は聞いてないぞ。
紘未　もう一人の里志さんにもらったの。今まで隠してて、ごめん。でも、あなたが同じものを選ぶかどうか、確かめたくて。

電話が鳴る。紘未が受話器を取る。別の場所に、純子がやってくる。受話器を持っている。

紘未　はい、秋沢です。
純子　純子です。
紘未　お久しぶりです。（秋沢に）純子さんからよ。
純子　約束の日は今日ですよ。覚えていますか？

紘未　ええ。あの、そちらの里志さんは？
純子　去年、亡くなりました。最後まで、あなたの話をしていましたよ。
紘未　いろいろありがとうございました。
純子　誤解しないでくださいね。あの人と私の間には、何もありませんでしたから。
紘未　わかっています。
純子　でもね、私はあの人に感謝してる。あの人のおかげで、たくさんの喜びを味わうことができたから。最後にお願いがあるの。そちらの里志さんと話をさせてくれない？
紘未　はい。（秋沢に受話器を差し出して）あなたと話がしたいって。
秋沢　（受け取って）代わりました。秋沢です。
純子　あの人からあなたに伝言があるのよ。「今日を無事に乗り越えても、人生はまだまだ続く。未来は君の手で守れ」

紘未　あっ！
秋沢　どうした、紘未？
紘未　ない。もう一人の里志さんにもらった、カメオが。
秋沢　まさか、消えたのか？
真帆　（腕時計を見て）午前九時四十五分。事故が起きた時間よ。
秋沢　純子さん、聞こえましたか？　今、紘未のカメオが消えたんです。純子さん？

純子の姿はない。

真帆　どうしたの？
秋沢　そうか。歴史が変わったんだ。純子さんの歴史も変わってしまったんだ。
紘未　里志さん……。
秋沢　約束する。未来は必ず俺の手で守る。

秋沢がカメオの箱を開く。紘未が箱の中からカメオを取り出す。格子が開き、クロノス・スパイラルの姿が浮かび上がる。

〈幕〉

バイ・バイ・ブラックバード

BYE BYE BLACKBIRD

成井　豊　＋　真柴あずき

登場人物

沢野泰輔　　（再教育学校教諭）
柳瀬ナツカ　（生徒・広告デザイナー）
安西亮一　　（生徒・洋食店経営）
真鍋充　　　（生徒・会社員）
小松崎怜奈　（生徒・華道家）
猪俣亜美　　（生徒・大学生）
大橋史代　　（再教育学校校長）
東理々子　　（再教育学校教務主任）
柳瀬和也　　（ナツカの兄・会社員）
柳瀬はつみ　（和也の妻・会社員）
安西真砂子　（亮一の妻・主婦）
安西由紀人　（亮一の息子・シェフ）
真鍋敏晴　　（充の父・都議会議員）
真鍋彩子　　（充の母・主婦）

1

二〇一〇年六月一日朝、東京都立再教育学校の校長室。
大橋史代が新聞を読む。

大橋　「コスタ症候群。この病気の症例が世界で初めて発見されたのは、一九九五年の十月。場所は、南米大陸の西部、エクアドル共和国の太平洋岸地域、いわゆるコスタ地区だった。そこで、この病気の原因とされる新型ウィルスはコスタウィルス、そして、この病気そのものはコスタ症候群と呼ばれることとなった。主な症状は、三十八度以上の高熱、咳、頭痛、下痢、呼吸困難、意識混濁。高熱が二週間以上続くと、肺炎等の合併症により、死に至る場合もある。また、ウィルスが脳に侵入して、記憶障害を引き起こすことも」

そこへ、東理々子がやってくる。後から、柳瀬和也・柳瀬ナツカがやってくる。

東　校長先生、柳瀬さんがいらっしゃいました。
大橋　え？　もう？（和也・ナツカに）おはようございます。

和也　すみません、ちょっと早すぎましたかね？
大橋　いいえ、私は大丈夫です。まだ三十分あると思って、油断してましたけど。
和也　やっぱり、出直した方が。
大橋　本当に大丈夫です。どうぞ、こちらへ。
和也　失礼します。
大橋　駅からはバスで？
和也　いいや、乗り場がわからなかったんで、タクシーを使いました。池袋にはあまり来たことがなくて。
大橋　運転手さん、この場所、知ってました？
和也　いいえ。でも、住所を言ったら、「ああ、向原小学校ね」って。
大原　そうなんです。ここは、以前は小学校だったんですよ。少子化の影響で、十年以上も前に廃校になりまして。で、そこに、私たちが入ったというわけです。初めまして、校長の大橋です。
和也　初めまして、柳瀬です。こちらは妹のナツカです。
大橋　（ナツカに）我が校に入学を希望されるのは、あなたですね？
ナツカ　いいえ。
大橋　え？（和也に）じゃ、あなた？
和也　違います、妹です。ナツカ、校長先生の前でおかしなことを言うな。
ナツカ　おかしなことなんか言ってない。私は別に入学したいなんて思ってないし。

和也　バカ。今さらここまで来て、何を言ってるんだ。（大橋に）いや、つまりですね、僕はぜひとも入学してほしいんですが、妹は自分の目で見てから決めると言いまして。

大橋　なるほど。（ナツカに）実際にここに通うのはあなたですからね。そう思うのは当然です。後で校内を案内しますから、じっくり見てください。でも、その前に、いくつか確認したいことがあります。履歴書と診断書は持ってきましたか？

ナツカ　はい。（と差し出す）

大橋　（受け取って）柳瀬ナツカ。一九八三年生まれ。ということは、今年で二十七歳ですね？

和也　ええ。先週の土曜が誕生日でしてね。二十七歳になりたてほやほやです。

大橋　（ナツカに）コスタ症候群が発病したのは、去年の八月。後遺症による記憶障害が確認されたのは、九月。

和也　病院は十月に退院しました。その後は自宅で療養していましたが、現在は完全に健康を取り戻しています。もちろん、記憶は戻りませんでしたが。

大橋　ナツカさん、あなたの最終記憶は？

ナツカ　一九九九年の七月です。

大橋　ということは、あなたの記憶年齢は十六歳？

ナツカ　そうです。私は十一年分の記憶を失ったんです。

大橋　とすると、あなたは高一クラスに入ることになりますね。東さん、学校案内のパンフレットをお渡しして。

東　どうぞ。（とナツカに差し出す）

大橋　ホームページに載せているものとあまり変わりませんが、改めて、我が校のカリキュラムについて説明します。東さん、お願い。

東　はい。（ナツカに）教務主任の東です。よろしくお願いします。

和也　よろしくお願いします。

東　（ナツカに）まず最初に、我が校の正式名称は、東京都立再教育学校。英語で言うと、TOKYO SCHOOL OF RE-EDUCATION。頭文字を取って、TSRとも呼ばれています。

大橋　（ナツカに）TSR。私はこの略称、とっても気に入ってるんですけどね、生徒たちは単にスクールと呼んでいるみたいです。

東　（ナツカに）カリキュラムのページを見てください。授業は基本的に、個別学習。一斉授業は行いません。生徒は、自分が履修したい課目を選択し、担任の教師と相談して、それぞれのカリキュラムを決めるんです。

和也　要するに、何を勉強するかは、個人の自由ってことですね？

東　もちろん、文部科学省が策定した学習指導要領の範囲内で、ですが。

和也　でも、物理が好きなヤツは、物理ばっかり勉強しても、構わないわけでしょう？（ナツカに）おまえは美術が得意だよな？　月曜日は美術の日って決めて、一日中絵を描いてもいいわけだ。よかったたな。

ナツカ　私、別に美術は得意じゃないよ。

和也　何言ってるんだ。保育園の頃から、お絵描きが大好きだったじゃないか。

ナツカ　（東に）運動会や文化祭はないんですか？
大橋　ええ。なくて、残念ですか？
ナツカ　逆です。私、団体行動は苦手なんで。
大橋　私は運動会には大賛成なんですけどね、生徒の中にはお年寄りもいるので。
和也　そうか。心は十六歳だけど、体は九十歳って人もいるんですね？
大橋　いいえ、さすがにそこまで上の人は。一応、入学できるのは六十歳までということになっているので。
東　（ナツカに）柳瀬さんは十六歳だから、高一クラスに入ることになります。教室はこの建物の二階の一番奥です。
大橋　（ナツカに）試しに、今から覗きに行きませんか？
ナツカ　え？　でも。
大橋　怖がることはありませんよ。高一クラスは、六クラスの中で一番生徒数が少ない。なんと、たったの四人です。そのせいか、他のどのクラスよりも仲がいいんです。
和也　わかりました。ナツカ、行こう。
大橋　ちょっと待ってください。教室に行くのは、妹さんだけにしてもらえませんか？
和也　なぜですか？　僕は保護者として、妹の同級生になる人たちを見てみたい。
大橋　お気持ちはわかりますが、生徒の中には、自分が授業を受けている姿を他人に見られたくないという者もいます。保護者を対象とした授業参観は、別の日に設けてありますので。
和也　しかし。

ナツカ　いいよ、私一人で行くから。
和也　大丈夫か？
ナツカ　まさか、いきなり不良に因縁をつけられるってこともないだろうし。（東に）ねえ？
東　もちろんですよ。ＴＳＲの生徒はいい子ばかりです。
ナツカ　（和也に）じゃ、行ってくる。
和也　頑張れよ。

ナツカ・大橋が校長室を出る。

大橋　優しいお兄さんね。
ナツカ　ええ。でも、前は全然違いました。
大橋　前って、十一年前？
ナツカ　私が知ってる兄は、もっとずっと勝手でした。大学のサークルが忙しくて、家には寝に帰ってくるだけで。私には何の関心もなかったと思います。それなのに、今は極端に過保護になっちゃって。正直に言うと、ちょっと気持ち悪いです。
大橋　でも、それは当然じゃないかな。たった一人の妹が記憶障害になったんだから。
ナツカ　でも、私は子供じゃない。記憶はともかく、体は二十七歳なんです。
大橋　柳瀬さん、あなたは今、いろんなことに対して、不安を感じていると思う。でも、これだけは覚えておいて。ＴＳＲにいる間は、あなたはあなたのままでいればいい。あなたの記憶年齢の、十六歳のままで。

ナツカ・大橋が去る。

2

高一クラスの教室。
沢野泰輔・安西亮一・真鍋充・小松崎怜奈・猪俣亜美が椅子に座っている。沢野が新聞を読む。

沢野 「記憶障害。人間の記憶には、顕在記憶と潜在記憶の二種類がある。顕在記憶は、過去の経験や物事の意味など、頭で覚えた記憶。潜在記憶は、自転車の乗り方や箸の使い方など、体で覚えた記憶。コスタウィルスは、頭で覚えた記憶を貯蔵する大脳皮質連合野を徹底的に破壊する。一九九五年十一月以来、コスタウィルスによって記憶障害を起こした患者は、全世界で約七五〇〇万人。日本国内だけでも、約二〇〇万人に上る。が、記憶障害を治療する方法は、いまだに確立されていない。治癒率は〇、一パーセント。つまり、一〇〇〇人に一人に過ぎない」

そこへ、ナツカ・大橋がやってくる。

大橋 授業中、失礼します。皆さん、私に三分だけ時間をください。

小松崎　校長先生、その人は？　ひょっとして、新入生ですか？
大橋　惜しい。新入生じゃなくて、新入生候補。ひょっとしたら、皆さんのクラスメイトになるかもしれないってわけ。柳瀬さん、このクラスの担任を紹介するね。
真鍋　柳瀬さん、突然ですが、君に問題です。このクラスの担任は誰でしょう？
ナツカ　え？　私が当てるんですか？
真鍋　一回で当てたら、学食のランチを一週間、ご馳走します。
大橋　真鍋君、授業中に賭け事は止めなさい。
真鍋　賭けじゃなくて、クイズですよ。さあ、柳瀬さん、答えは？
ナツカ　(安西を示して）あの人ですか？
真鍋　残念でした。ハズレです。次で当てたら、ランチを三日。
ナツカ　(小松崎を示して）じゃ、あの人？
小松崎　あなた、見かけだけで判断してない？
真鍋　(ナツカに）またしてもハズレ。さあ、次がラストチャンス。当てたら、ランチを一回。
大橋　沢野先生、何をボーっとしてるんです。真鍋君を放っておいていいんですか？
沢野　あ、すみません。真鍋、それぐらいにしておけ。
真鍋　いいじゃないですか、クイズぐらい。地理クイズとか歴史クイズとか、先生だってよくやるでしょう？　あ。
小松崎　真鍋君の負け。今日のお昼、みんなにランチを奢ってね。
真鍋　バカ。どうして俺がおまえらに。

大橋　柳瀬さん、この人がこのクラスの担任の沢野泰輔先生。今はボーっとしてたけど、普段は元気いっぱいの熱血教師よ。
ナツカ　（沢野に）初めまして。
沢野　よろしく。
大橋　急な話で申し訳ないけど、柳瀬さんを授業に参加させてくれない？
ナツカ　え？　私は見学だけじゃ。
大橋　黙って見てるだけじゃ、つまらないでしょう？（沢野に）校長室に、お兄さんを待たせてるのよ。だから、任せちゃっていいかな？
沢野　わかりました。
大橋　（ナツカに）わからないことがあったら、何でも沢野先生に聞いて。じゃ、真鍋君、ランチ、楽しみにしてるから。

大橋が去る。

真鍋　俺、校長先生に奢るなんて言ってません！
沢野　最初に賭けを始めたのは、おまえだ。諦めろ。柳瀬、空いてる席に座れ。
ナツカ　はい。（と椅子に座る）
沢野　（生徒たちに）じゃ、話し合いの続きを始めようか。
真鍋　その前に、柳瀬さんのために、自己紹介をしませんか？　いきなり、このクラスに放り込

沢野　まれて、戸惑ってるみたいだし。
真鍋　でも、彼女はまだこの学校に入るって決まったわけじゃない。
わかってますよ。でも、せっかく授業に参加するなら、俺たちのこと、知っておいた方がいいでしょう？　その方が話もしやすいし。
小松崎　賛成。
沢野　わかった。ただし、五分で済ませてくれ。
小松崎　了解。（ナツカに）じゃ、トップバッターは安西君ね。
安西　僕？
小松崎　アイウエオ順で一番だし、実年齢もクラスで一番上じゃない。
安西　（ナツカに）僕の名前は安西亮一です。実年齢は四十七歳です。（小松崎に）これでいいかな？
真鍋　よくない。それじゃ、おまえがどういう人間か、何もわからないだろう。
小松崎　じゃ、亜美ちゃん、お手本を示して。
猪俣　オーケイ。（ナツカに）私は猪俣亜美。実年齢は二十一歳。病気になる前は、大学三年でした。そろそろ就職活動を始めようかって時に、いきなり十六歳になっちゃって。で、また高校一年からやり直しってわけ。（小松崎に）これでどう？
真鍋　六十点。
猪俣　え？　どうして？
真鍋　具体性が足りない。（ナツカに）こいつは、法学部に通ってて、ジャーナリストを目指し

猪俣　てたんだ。まあ、なくしたのは五年分だけだから、この中では一番楽だよな。
小松崎　そんなことない。女にとって、五年て長さはとてつもなく重いのよ。
沢野　あら。じゃ、二十二年もなくした私はどうなるわけ？
小松崎　（腕時計を見て）三分経過したぞ。
え？　じゃ、あと二分？（ナッカに）三番目は私。名前は小松崎怜奈。病気になる前は、フラワーアレンジメントの学校を経営してました。経営自体は別に勉強しなくてもできるんだけど、やっぱり物を知らないと、社員と話が通じなくて。この前も、秘書に「ミトコンドリア」って言われて、「それ、ドリアの一種？」って聞いちゃって。
猪俣　それは、記憶障害とは何の関係もないと思うよ。だって、ミトコンドリアは中学で習ったじゃない。
真鍋　つまり、病気のせいじゃなくて、自分のせいってわけだ。
小松崎　何よ。みんなで寄ってたかって、バカにして。（沢野に）先生、このクラスにはイジメがあります。
沢野　（腕時計を見て）はい、五分経過。自己紹介は終了だ。
小松崎　私の話はまだ終わってません。
真鍋　（沢野に）俺なんか、名前さえ言ってないですよ。
猪俣　（沢野に）真鍋君はどうでもいいけど、今日の主役の柳瀬さんがまだです。（ナツカに）ねえ、あなた、実年齢はいくつなの？
ナツカ　え？

安西　（ナツカに）どうしたの？　気分でも悪いの？

ナツカ　いいえ。何だか、ビックリしちゃって。

安西　僕みたいなおじさんがここにいるから？

ナツカ　それもそうですけど、みんながあなたのことを「安西君」て、君付けで。

安西　僕は別に気にしてないよ。四月の最初の授業の時、沢野先生が言ったんだ。この教室に入ったら、みんな平等。自分も相手も、同じ十六だと思って、話をしろって。だから、君も「安西君」て呼んでほしい。

ナツカ　え？　それはちょっと。

安西　「安西君」だよ。ほら。

沢野　安西、無理強いはやめろ。柳瀬もこのクラスに入れば、すぐに慣れるさ。じゃ、話し合いを再開するぞ。

真鍋　俺の自己紹介は？

沢野　それは、話し合いの結論が出て、時間が余ったらだ。柳瀬、この授業は、週に一度のホームルーム。今日は、一学期の学習発表会の出し物を決めることになってるんだ。今のところ、候補に挙がってるのは、俺が出した写真展だけ。（生徒たちに）誰か、他に意見がある者はないか？

小松崎　私は、先生の案でいいと思います。

猪俣　私も。

沢野　安西はどうだ。他にやりたいものはないか？

安西　ないです。僕は絵は苦手なんで、写真にしてもらえると助かります。
沢野　真鍋は？
真鍋　俺も写真展でいいですよ。ただし、テーマには異論があるな。
沢野　何か撮りたいものがあるのか？
真鍋　先生が言ったのって、「現在の東京」でしたっけ？　あまりに漠然としすぎてて、クラスの統一感が出ないいんじゃないかな。
沢野　それは心配しなくていい。撮影日を決めて、みんなで同じ場所を撮りに行くから。
安西　え？　みんなで？
小松崎　（沢野に）場所は先生が決めるんですか？
沢野　いや、一人一カ所ずつ提案してもらう。だから、全部で四カ所。柳瀬が入ったら、五カ所に行くことになる。
小松崎　要するに、撮影会ですね？　何だかおもしろそう。
真鍋　そうか？　このメンバーで出かけたら、一体何の集団だって思われるぞ。たったの六人だもの、目立つわけないよ。
小松崎　私はスカイツリーを撮りに行きたいな。（沢野に）スカイツリーなら、「現在の東京」ってテーマにピッタリですよね？
沢野　ああ、まさに二〇一〇年って感じだ。
小松崎　よし、一つ決まり。あ、そうだ。柳瀬さんはどこに行きたい？　都内だったら、どこでもいいみたいよ。
ナツカ　（沢野に）あの、一つ質問してもいいですか？

沢野　何だ？

ナツカ　学習発表会って何ですか？　文化祭みたいなものですか？

沢野　近いけど、喫茶店やお化け屋敷みたいなものは認められない。名前の通り、学習の成果を発表する行事だから。

真鍋　（ナツカに）そのくせ、授業は一時間も潰れないんだ。準備は放課後、残ってやらなきゃいけない。

沢野　撮影会は、放課後は無理だな。土曜か日曜にしないと。

ナツカ　あの、この行事は全員参加なんですか？　不参加は認められないんですか？

沢野　君はやりたくないのか？

ナツカ　私、団体行動は苦手なんで。休みの日に拘束されるのも困るし。

沢野　だったら、他の出し物を提案してくれ。放課後だけでできるものを。

小松崎　えー？　私は写真展がいい。一日や二日、休みが潰れたって、構わないですよ。みんなで出かけたら、楽しいと思うし。

ナツカ　どうして？　どうしてみんなでやらきゃいけないんですか？　この学校の授業は個別学習ですよね？　生徒一人一人が、自分の好きなことを勉強するんですよね？

沢野　だから、学習発表会が必要なんだ。普段の授業は、一人一人が別々の勉強をする。が、それだけでは学力はついても、社会性は向上しない。学校っていうのは、勉強だけをする場所じゃない。頭だけじゃなくて、心も成長させる場所なんだ。

ナツカ　私、帰ります。（と立ち上がる）

真鍋　なんだよ、いきなり。まさか、もう来ないなんて言わないよね？
ナツカ　でも、私が思ってたのと違うから。
沢野　団体行動がそんなにイヤか。
ナツカ　はっきり言って、面倒臭いです。写真なんか撮りに行く暇があったら、教科書でも読んでた方がいい。
沢野　人間は、一人では生きていけない。社会に出るためには、他人と協調できるようにならないと。
ナツカ　だからって、クラスみんなで写真を撮りに行ったたって。
沢野　君の記憶年齢は本当に十六歳なのか？　七歳か八歳の間違いじゃないのか？　何でも自分の思い通りにならないと気が済まない。協調性がまるでない。
ナツカ　なんですって？
真鍋　まあまあ、二人とも、大きな声を出さないで。君がそんなにイヤなら、無理して参加する必要はないんじゃないかな。先生だって、いつも、「生徒の自主性を尊重する」って言ってるし。そうですよね、先生？
沢野　ああ。撮影会は課外活動だ。他に用事があるなら、欠席してもいい。しかし、写真はあくまでも提出してもらう。それでいいか？
ナツカ　ええ。（と座る）
真鍋　（沢野に）ということで、学習発表会の出し物は写真展で決まりですね？　じゃ、自己紹介に戻りましょうか。（ナツカに）俺の名前は。

小松崎　待ってよ。私の続きは？
猪俣　ストップストップ！　残り時間が少ないから、二人は省略。柳瀬さんにやってもらおう。
安西　賛成。
猪俣　さあ、柳瀬さん。
ナツカ　（全員に）柳瀬ナツカです。実年齢は二十七歳です。病気になる前は、広告デザイナーをしていたそうです。でも、自分がそんな仕事をしていたなんて、すぐには信じられませんでした。確かに、子供の頃から、絵を描くのは好きだった。でも、自分より上手な人は周りにいっぱいいいた。十六歳の頃は、将来のことなんか何も考えてなくて、友達と遊んだり、父親と喧嘩したり。

校門。ナツカの友達二人がやってくる。三人がおしゃべりをしながら帰る。
ナツカの家。ナツカの父母がやってくる。父がナツカを叱る。ナツカが反発する。母がナツカを諌める。ナツカが家を飛び出す。

ナツカ　最終記憶は一九九九年の七月。それから後のことは何も覚えてません。私は高校を卒業して、美大に進学。そこでデザインの勉強をして、広告代理店に就職したそうです。コスタ症候群が発病したのは、会社にいた時。突然、意識を失って、倒れたんだそうです。さっきから、「そうです」ばっかりですね。でも、仕方ないんです。全部、兄に聞いた話だから。

ナツカの会社。ナツカが倒れる。ナツカの同僚二人が駆け寄ってくる。ナツカを起こして、椅子に座らせる。

病院。和也・柳瀬はつみがやってくる。ナツカがはつみの顔を見て、和也に「誰?」と問う。はつみが驚く。

ナツカ

たくさんの人がお見舞いに来てくれました。会社の同僚、上司、大学時代の友人。でも、みんな、私の知らない人。私がポカンとしていると、みんな悲しそうな目をして。次第に病室を訪れる人は少なくなり、私は一人ぼっちになりました。兄と兄の奥さんは毎日来てくれたけど、両親は来なかった。五年も前に亡くなっていたんです。私と同じ病気で。

街。ナツカが家に向かって歩き始める。が、道に迷う。知らない人々がナツカの横を通りすぎていく。中にはナツカに話しかけてくる人もいるが、ナツカはその人のことを覚えていない。その人は悲しそうな目をして、離れていく。

3

六月一日夕、ナツカの家。
ナツカ・和也が帰ってくる。はつみが出迎える。

和也　ただいま。
はつみ　お帰りなさい。どうだった、学校は？
和也　いいや、予想以上にいい学校だった。校舎の中を一通り見せてもらったんだけど、どこもちゃんと掃除してあって、荒れてる様子は全然なかった。廊下ですれ違った生徒も、みんな礼儀正しかったし。
はつみ　そう。じゃ、すっかり気に入ったわけね？
和也　俺はな。
はつみ　え？
和也　俺はすぐにでも入学の手続きがしたいと思った。でも、ナツカがイヤだって。
ナツカ　イヤとは言ってないよ。少し考えさせてって言ったの。
はつみ　どうして？　一体何が気に入らなかったのよ。

和也　こいつ、高一クラスを見学に行って、担任の先生と喧嘩したらしいんだ。
はつみ　原因は何？　ナツカちゃんが授業の邪魔でもしちゃったの？
ナツカ　するわけないじゃない。ついでに授業に参加していけって言われたから、黙って話を聞いてたのよ。そうしたら、あまりに理不尽なことを言い出すから。
はつみ　わかった。その先生、織田信長みたいなタイプの人だったのね？
ナツカ　そこまではひどくはなかった。でも、どうして男だってわかったの？
はつみ　なんとなく。歳はいくつぐらい？
ナツカ　三十歳ぐらいかな。お兄ちゃんと同じぐらいだと思う。
はつみ　和ちゃんと、どっちがカッコいい？
ナツカ　九対〇で、お兄ちゃんの負け。でも、見た目はどうでもいいの。その人、初対面の私に向かって、こう言ったのよ。「協調性がまるでない」って。
はつみ　うわ、キツイ。でも、どうしていきなりそんなことを？
和也　（はつみにパンフレットを差し出して）この学校には、学習発表会って行事があるんだけどな。ナツカが「参加したくない」って言ったんだ。（ナツカに）でも、俺はその先生の意見に賛成だな。学校に行事があるのは当然だし、行事に参加するのは生徒の義務だ。それがイヤなら、入学しなければいいんだ。
ナツカ　じゃ、しない。
和也　待て待て。そう簡単に結論を出すな。
ナツカ　私はもともと、学校には行きたくなかった。勉強より、仕事がしたいの。

和也　今のおまえに何ができる。おまえを雇ってくれる所なんて、コンビニかファストフードぐらいしかないぞ。
ナツカ　仕方ないじゃない。今の私には、それぐらいしかできないんだから。
和也　でも、病気になる前は、広告デザイナーだったんだぞ。おまえには、絵の才能があるんだ。
ナツカ　だから、あの学校を卒業して、もう一度美大に行けって言うの？
和也　そこまでは強制しない。絵がイヤなら、別の道を探せばいい。
ナツカ　でも、今の私は二十七歳なんだよ。この歳になって、お兄ちゃんたちに食べてさせてもらうなんて、おかしいよ。
はつみ　お金のことなら、心配しなんで。私たち、共働きだし、子供もいない。ナツカちゃん一人ぐらい、食べさせていける。（和也に）それに、この学校はタダなんだよね？
和也　ああ。（ナツカに）だから、何の遠慮もいらない。堂々と学校に行け。
ナツカ　ねえ、お兄ちゃん。私が病気になる前のことを教えて。私はこの家で、どんなふうに生活してた？　お兄ちゃんとは毎日、話をした？
和也　おまえは残業が多かったからな。顔を合わせるのは朝ぐらいで。
ナツカ　はつみさんは？
はつみ　私も同じ。でも、それが何だっていうの？
ナツカ　お兄ちゃんたちにはお兄ちゃんたちの生活があった。二人で食事に行ったり、旅行に行ったりしてたんでしょう？　でも、私が病気になってからは？　毎日、病院にお見舞いに来て、退院した後も、身の回りの世話をしてくれて。私も最初はそれが当たり前だと思って

はつみ　た。でも、半年ぐらい経ってからかな。これじゃ、いいけないって思うようになった。私は子供じゃない。病人でもない。いつまでも、甘えてちゃいけないけないいけないいんだって。

ナツカ　ナツカちゃんは甘えてなんかいない。いつまでも、甘えてちゃいけないいんだって。

はつみ　でも、全然役に立ってない。家のこと、いろいろ手伝ってくれてるじゃない。

和也　そうか。ナツカちゃんは私のことを気にしてたのね？　まあ、それも無理はないか。

はつみ　どうして。

はつみ　だって、ナツカちゃんは何も覚えてないんだもの。私が和ちゃんと付き合ってた頃のことも。結婚して、この家に来てからのことも。ナツカちゃんから見たら、いきなり他人が家族になったようなものじゃない。遠慮するなって言う方が無理よ。

ナツカ　私、別にそんなつもりじゃ。

はつみ　ごまかさなくていいよ。私も同じだから。

和也　同じって？

はつみ　（ナツカに）本当のことを言うね。私、ナツカちゃんが記憶を失った時、凄くショックだった。だって、私の顔を見て、「どちら様ですか？」って言うんだもの。突然、他人になったみたいで、怖かった。だから、今日まで、遠慮しながら接してきた。でも、それがよくなかったんだね。

電話が鳴る。和也が受話器を取る。

はつみ　ナツカちゃん、私のことは気にしないで、学校に行って。
ナツカ　私が行きたくないって言ったのは、はつみさんのことだけが原因じゃなくて。
はつみ　先生が気にいらなかった？
ナツカ　それも少しある。
はつみ　だったら、こういうのはどうかな？　とりあえず、一カ月だけ通ってみて、その後、続けるかどうか、決めるの。悪くないアイディアでしょう？
和也　ナツカ、電話だ。ＴＳＲの真鍋って人から。（と受話器を差し出す）
ナツカ　（受け取って）もしもし？

遠くに、真鍋が現れる。携帯電話を持っている。

真鍋　覚えてるかな？　俺、昼間、スクールで会った、真鍋。
ナツカ　うちの電話番号、誰に聞いたんですか？
真鍋　教務主任の東さん。「柳瀬さんが教室にケータイを置き忘れていったんで、自宅の番号を教えてください」って言ったら、すぐに教えてくれた。
ナツカ　嘘つき。
真鍋　そう言うなよ。君のことが心配で、止むに止まれずにしたことなんだから。
ナツカ　心配って？
真鍋　明日もスクールに来るよね？　来てくれたら、ランチを奢るよ。学食じゃなくて、駅前に

ナツカ　ある高級イタリアン。
真鍋　すみません。今、忙しいんで、切りますね。
ナツカ　あ、ちょっと待って。どうしてわかってくれないのかな。俺は柳瀬さんのことが気に入ったんだよ。沢野に向かって、自分の意見を堂々と言う姿。まるでジャンヌ・ダルクみたいだった。
真鍋　ジャンヌダ？　何ですか、それ？
ナツカ　実を言うと、俺も学習発表会なんてカッタルイと思ってたんだ。でも、反対しても無駄だって諦めてた。君の意見を聞いて、胸がスッとしたよ。
真鍋　それなら、どうして私の味方をしてくれなかったの？
ナツカ　だって、君に勝ち目はなかったから。ジャンヌ・ダルクは最後に火あぶりになるんだ。
真鍋　だから、何なのよ、ジャンヌダって。
ナツカ　団体行動は苦手だって言ったよな？　でも、俺たち、まだ十六なんだぜ。そのうち、苦手じゃなくなるかもしれない。とにかく、一度、挑戦してみろよ。挑戦する前に諦めるなんて、君らしくないぜ。

ナツカがフラッシュバックに襲われる。頭を押さえて、ふらつく。

和也　どうした、ナツカ？
真鍋　（ナツカに）もしもし？　聞いてるのか？

ナツカ　ごめんなさい。もう切ります。
真鍋　明日、絶対に来いよ。待ってるからな。

真鍋が去る。ナツカが受話器を置き、ひざまずく。

はつみ　ナツカちゃん、大丈夫？
ナツカ　急に頭が痛くなって。
和也　今の男に何か言われたのか？
ナツカ　「挑戦する前に諦めるなんて、君らしくないぜ」。
和也　え？　その言葉のどこがショックだったんだ？
ナツカ　わからない。でも、前にも同じことを言われたような気がして。
はつみ　もしかして、フラッシュバックじゃない？　だったら、少し横になった方がいい。和ちゃん、手伝って。

和也・はつみがナツカを支えて、去る。

4

六月五日夜、真鍋の家。

沢野が布巾でテーブルを拭いている。そこへ、小松崎・真鍋彩子がやってくる。ティーカップやポットを持っている。

彩子　すみません。先生にまで手伝っていただいちゃって。

沢野　いや、担任として、当然のことです。今日は大人数で押しかけて、申し訳ありませんでした。

彩子　とんでもない。主人も私も、喜んでるんですよ。充が家にお友達を呼ぶなんて、本当に久しぶりのことだから。

沢野　（小松崎に）他のみんなは？

小松崎　キッチンで洗い物をしてます。

彩子　（沢野に）洗う係とか拭く係とか、分担を決めて、テキパキやってますよ。皆さん、本当に仲がいいですね。

小松崎　「同病相哀れむ」っていうんですかね。みんな同じ病気だから、相手の立場がよくわかるんですよ。

そこへ、ナツカ・真鍋・安西・猪俣がやってくる。

真鍋 先生、まだいたんですか？
小松崎 そんな言い方ないでしょう？　せっかく来てくれたのに。
真鍋 俺は誘ってない。おまえが無理やり引っ張ってきたんじゃないか。
彩子 さあ、皆さん、食後のお茶をどうぞ。
沢野 安西、顔色が良くないな。腹の具合でも悪いのか？
安西 ちょっと食べすぎちゃったみたいで。
猪俣 え？　そんなに食べてたっけ？
安西 いつもはもっとセーブしてるんだ。満腹するまで食べると、確実にお腹を壊すから。
小松崎 それ、わかる。私も気持ちは十六だからさ、あれも食べたい、これも食べたいって思うのよ。でも、胃腸は歳を取っちゃってるから、消化が追いつかないわけ。で、気づいた時にはグルグルグルピー。そうならないように、いつも腹六分目で我慢してる。
彩子 大変なんですね。記憶をなくした期間が長い人は。
真鍋 なんか、暗い雰囲気になっちゃったな。今日は柳瀬の歓迎会なんだから、柳瀬の話を聞かないか？
安西 そうしよう。柳瀬さん、好きな動物は？

小松崎　子供みたいなこと聞かないでよ。（ナツカに）そのブレスレット、大事な物？
ナツカ　これ？　特に大事ってわけじゃないけど。
小松崎　でも、いつもつけてるじゃない。誰かのプレゼント？
ナツカ　わからない。倒れた時につけてたって聞いたから、なんとなく。
猪俣　写真の題材はもう考えた？　私はテレビ局にしようかと思ってるんだけど。
小松崎　テレビ局？　あなた、芸能人が撮りたいわけ？
猪俣　違う。ニュースキャスターとかアナウンサーとか、報道に携わる人。（沢野に）これなら、「現在の東京」ってテーマにも合ってますよね？
沢野　ああ。でも、テレビ局には、関係者以外は入れないんじゃないか？
猪俣　真鍋君のお父さんは都議会議員だよね？　テレビ局に知り合いはいない？
真鍋　俺は親父の秘書じゃないんだ。わかるわけないだろう。
彩子　（猪俣に）何人か、いると思いますよ。私から、聞いてみましょうか？
猪俣　お願いします。で、柳瀬さんは？
ナツカ　発表会って、いつだっけ？
沢野　六月三十日。そろそろ題材を決めないと、間に合わなくなるぞ。
真鍋　柳瀬はやっぱり、撮影会には参加しないのか？
ナツカ　わからない。その前に、辞めるかもしれないし。
真鍋　辞めるって、スクールをか？
ナツカ　義姉と約束したの。とりあえず一カ月通って、それで続けるどうか決めるって。

小松崎　じゃ、一カ月後にはいなくなるかもしれないってこと？　私たち、そんな人のために歓迎会をやってるの？　バカみたい。

そこへ、真鍋敏晴がやってくる。ケーキの箱を持っている。

敏晴　ただいま。悪かったな、遅くなって。
彩子　ちょうど今、食事が終わったところです。
沢野　(敏晴に) お邪魔してます。
敏晴　ああ、沢野先生もいらっしゃってたんですか。いつも充がお世話になっています。(と生徒たちを見て) ええと、どなたが同級生で、どなたが先生かな？
真鍋　沢野先生以外は全員同級生だよ。
敏晴　そうなのか？ (安西に) とすると、あなたも同級生？
安西　そうです。安西と言います。
敏晴　(安西の手を握って) 真鍋敏晴です。安西さんは、チョコレートケーキはお好きですか？駅前に、うまいケーキ屋がありましてね。私も充も、大好きなんですよ。
真鍋　そんなの、ガキの頃の話じゃないか。
敏晴　いかがですか、安西さん？　おや、その顔はお嫌いなようですね。
小松崎　違うんです。彼は今、お腹の調子が悪いんです。
猪俣　(敏晴に) 私たちも料理をいっぱい食べちゃったんで、ケーキまではちょっと。

敏晴　そうですか。じゃ、後で一人で食べよう。（と箱を彩子にして）私にもお茶をくれないか。皆さんは話を続けてください。
小松崎　えーと、何の話をしてたんだっけ？
敏晴　私がいたら、盛り上がりませんか？
小松崎　いいえ、別にそういうわけじゃ。
彩子　（敏晴に）そうだ。あなた、テレビ局に知り合いはいる？
敏晴　テレビ局？　どうしてだ？
猪俣　私、ジャーナリストを目指してるんです。それで、テレビ局で働いてる人に会って、写真を撮りたいんです。
敏晴　ああ、学習発表会の写真ですね？　わかりました。知り合いの記者に当たってみましょう。
猪俣　ありがとうございます。
敏晴　充は何を撮るんだ。大好きなJリーグか？
真鍋　俺は、自分が通ってた高校にしようかと思ってる。
敏晴　なぜ高校が撮りたいんだ？
真鍋　撮ってるうちに、思い出すかもしれないじゃないか。高二や高三の頃のこと。
敏晴　充は記憶を取り戻したいのか？　前は、どうでもいいと言ってたのに。
真鍋　どうせ無理だと思ってたからだよ。でも、もし取り戻せたら、勉強なんかしなくて済む。
沢野　真鍋。わかってると思うが、記憶障害の治癒率は〇、一パーセントなんだ。それに、無理に思い出そうとしたり、フラッシュバックが起きたりすると、倒れる危険性がある。

真鍋　だから、諦めろって言うのか？　何の努力もしないで？
彩子　やめなさい、充。先生に向かって、なんて口の聞き方をするの。
真鍋　母さんはどう思う？　俺の記憶が戻ったら、うれしいだろう？
彩子　それはもちろん、そうだけど。
敏晴　充、私たちは諦めるって決めたんだ。○、一パーセントなんて確率にすがるより、今のおまえをそのまま受け入れようと。だから、おまえも、無駄な希望は持たない方がいい。そうでしょう、沢野先生？
沢野　ええ、僕もその方がいいと思います。
敏晴　（生徒たちに）皆さんの前で、「無駄」なんて言葉を使って申し訳ない。しかし、これが私の正直な気持ちです。
安西　気にしないでください。僕も、記憶を取り戻したいとは思ってませんから。
敏晴　そうなんですか？
安西　僕は一からやり直したい。だから、スクールに通ってるんです。
猪俣　（敏晴に）私も、記憶に未練はありません。消えたのは五年だけだし。
小松崎　私はそこまで思い切れないな。何しろ、花の二十代がキレイさっぱり消えちゃったからね。まあ、今さら嘆いても、仕方ないけど。
敏晴　（ナツカに）あなたは？
ナツカ　私は真鍋君と同じです。できることなら、取り戻したい。でも。
沢野　でも、何だ？

ナツカ　一番大切なのは今だと思うんです。今の私は中途半端。体は大人なのに、働きもしないで、学校に通ってる。家族にいっぱい迷惑をかけて。そんな私が、私には許せない。一日も早く自立したいんです。

安西　僕だって、そうだよ。だから、必死で勉強してるんじゃないか。

ナツカ　勉強だったら、働きながらだってできる。私は今すぐ自立したいの。

敏晴　あなたの考えは立派だと思います。でも、あなたのご家族は、別に迷惑だとは思ってないんじゃないかな。私は、充のためになることなら、何でもしたい。充の力になれることがうれしいです。（彩子に）おまえもそうだろう？

彩子　ええ。柳瀬さん、よく考えてみてください。あなたのご家族があなたと同じ病気になったら、どうしますか？　自分にできることは何でもしたいって思うんじゃないですか？

ナツカ　それはそうだと思いますけど。

敏晴　家族とはそういうものだ。だから、何も気にしないで、甘えればいいんです。お茶がぬるくなったな。彩子、皆さんにおかわりを。

沢野　いや、僕はもう失礼します。（生徒たちに）おまえらもそろそろ引き上げたらどうだ。

小松崎　そうですね。じゃ、みんなで片付けよう。

小松崎・猪俣・彩子がティーポットやカップを持って、去る。敏晴も去る。

沢野　真鍋、おまえのお父さんが仰ったことは正しい。写真の題材は別のを考えろ。

真鍋　それは命令ですか？
沢野　写真展のテーマは、「現在の東京」だ。過去じゃなくて、現在を撮るんだ。
ナツカ　おかしいですね。先生は、生徒の自主性を尊重するんじゃなかったんですか？
沢野　（真鍋に）おまえが記憶を取り戻したいという気持ちはわかる。でも、その可能性は限りなくゼロに近いんだ。だったら、過去じゃなくて、現在を見つめるべきじゃないか？
　（真鍋に）先生の言う通りだよ。僕らは過去にこだわるべきじゃない。
安西　それは安西君の考えでしょう？　真鍋君は真鍋君が撮りたいものを撮ればいい。だって、
ナツカ　それが真鍋君の今なんだから。

ナツカが去る。沢野・真鍋・安西も去る。

5

六月八日朝、東京都立再教育学校の校長室。
東が新聞を読んでいる。

東　「フラッシュバック現象。記憶障害者が記憶を取り戻したいと思うのは、きわめて自然な欲求だ。が、無理に思い出そうとすると、しばしば激しい頭痛、目眩、嘔吐感などに襲われる。また、記憶障害者は、何かのきっかけで、記憶の断片を突然、思い出すことがある。これをフラッシュバック現象と呼ぶが、この時も、記憶障害者は同様の症状に襲われる。そのため、厚生労働省は記憶障害者に対して、無理に記憶を取り戻そうとしないよう、呼びかけている」

そこへ、大橋・安西真砂子がやってくる。

大橋　東さん、ここで何をしてるの？
東　都庁に提出する書類を作ったので、見ていただこうかと。（真砂子を見て）あ。

大橋　面接で会ったよね？　安西君の奥さん。
真砂子　（東に）この前はありがとうございました。
東　こちらこそ、ご馳走様でした。
大橋　何よ、ご馳走様って。
真砂子　先週、うちのお店に、東先生が来てくださったんです。
大橋　そうなんですか？（東に）あなた、抜けがけしたの？　今度、先生方みんなで行こうって言ってたのに。
真砂子　ええ、先生方は皆さん、いらっしゃいました。
大橋　（東に）どういうこと？　私だけ仲間外れ？
東　違うんです。みんな、他の誰かが誘っただろうと思ってたんです。でも、誰も誘ってなかったんですよね。ビックリしました。
大橋　ああ、そう。おいしかった？
東　はい、とても。ハンバーグのソースが絶品でした。
大橋　ああ、そう。書類を貸して。（と取って、差し出して）書き直し。
東　えー？
真砂子　私、余計なことを言っちゃったんでしょうか？
大橋　気にしないでください。それより、今日はどんなご用件で？
真砂子　主人は今日、こちらに来てるでしょうか？
東　さっき、図書室で会いましたよ。

大橋　奥さんは、安西君が来てるかどうか、確かめにいらっしゃったんですか？
真砂子　実は、三日前から、家に帰ってきてないんです。毎晩、七時頃になると、電話がかかってきて、「今日も友達の家に泊まる」って。
大橋　友達っていうのは？
真砂子　わかりません。聞いても教えてくれないんです。
東　お家で何かあったんですか？　深刻な夫婦喧嘩が勃発したとか？
真砂子　喧嘩なんかしてません。そんなことができる状態じゃないんです。
東　それはどうして？
真砂子　校長先生。主人を退学させてもらえないでしょうか？
大橋　退学ですか？
真砂子　ええ、今すぐ。もし本人がイヤがったら、一緒に説得してほしいんです。
大橋　ちょっと待ってください。奥さんは、なぜ安西君を辞めさせたいんです。そう思う理由は何ですか？
真砂子　主人はうちの店を捨てようとしてるんです。
東　捨てる？
真砂子　この学校に通うようになってから、主人は一度も店に顔を出しません。「たまには皿洗いぐらい手伝ってよ」って言っても、無視です。私とも息子とも、口をきこうとしないんです。
東　そうなんですか？　学校では普通に話をしてますけど。

真砂子　今は、私が主人のかわりに厨房に立ってます。でも、やっぱり、主人のようにはできない。一刻も早く、復帰してくれないと、お客さんが離れていってしまいます。このことは、口が酸っぱくなるほど言ってるのに。
大橋　安西君は耳を貸さないんですね？
真砂子　挙げ句の果てに、家出です。私にはもう耐えられません。
大橋　事情はよくわかりました。でも、いきなり退学というのはどうでしょう。本人には続けたいという意志があるわけですから。
真砂子　家族の意志はどうなるんです？　関係ないと仰るんですか？
大橋　もちろん、ご家族の意志も大切です。でも、学校としては、本人と話し合って、答えを出してほしいとしか。
真砂子　わかりました。主人と直接、話をします。
東　（大橋に）私が呼んできましょうか？
真砂子　結構です。自分で行きます。（と歩き出す）
東　ちょっと待ってください。今は授業中ですよ。
大橋　私が後を追いかける。あなたは書類を書き直して。

大橋が真砂子を追う。東が去る。

高一クラスの教室。

沢野・ナツカ・真鍋・安西・小松崎・猪俣が椅子に座っている。そこへ、大橋・真砂子がやってくる。

真砂子　失礼します。
安西　真砂子さん、何しに来たんですか？
真砂子　あなたと話をするためよ。決まってるでしょう？
大橋　沢野先生、安西君をお借りしてもいいですか？
沢野　別に構いませんよ。安西、真砂子さんと一緒に校長室に行け。
安西　イヤです。僕はここにいます。
真砂子　だったら、話はここでしましょう。どうして三日も帰ってこなかったの？　私に文句があるなら、はっきり言ってよ。
真鍋　（安西に）何だよ。おまえ、家出してたのか？
大橋　え？　真鍋君の家に泊まってたんじゃないの？　私はてっきり。
安西　どこだっていいじゃないですか。（真砂子に）お願いですから、帰ってください。今は授業中なんです。
真砂子　そんなに学校が大事？　私たちのことはどうでもいいの？
安西　やめてください、こんな所で。
沢野　安西、少しは真砂子さんの気持ちを考えろ。
安西　でも、教室に押しかけてくるなんて、非常識です。
沢野　それは、おまえとどうしても話がしたかったからだ。覚悟を決めて、真砂子さんに向き合え。

小松崎　質問。安西くんちは何を揉めてるんですか？
猪俣　あなた、どういう神経してるのよ。
小松崎　だって、気になるじゃない。ここまで大っぴらに揉められたら。
大橋　この学校に対する意見の食い違い。それだけよ。
沢野　安西、何をグズグズしてる。校長室に行け。
真砂子　（安西に）さあ、あなた。
安西　イヤです。僕はここにいます。
沢野　安西。
真砂子　（安西に）じゃ、今日は家に帰るって約束してくれる？
安西　約束はできません。僕はあの家を出たい。一人で生活したいんです。
真砂子　何を言ってるの？
安西　やっと気が付いたんですよ。一日も早く自立するべきだって。僕はこれ以上、あなたたちに迷惑をかけたくないんです。
真砂子　誰が迷惑だって言った？　家族が一緒に暮らすのは当たり前のことでしょう？
安西　僕には家族だと思えません。
真砂子　本気で言ってるの？
安西　僕には、あなたたちの記憶がない。出会ったことも、一緒に暮らしたことも、覚えてないんです。でも、家族だってことは事実なんだから、なんとか受け入れようとしました。なんとか馴染もうとしました。でも、もう限界なんです。どんなに頑張っても、家族だって

沢野　実感が持てないんです。
安西　やめろ、安西。
沢野　（真砂子に）僕にとって、あなたたちは赤の他人なんです。
大橋　安西！（と胸ぐらをつかむ）
沢野　沢野先生、暴力はやめてください。
安西　（安西を突き飛ばして）自分がどんなにひどいことを言ってるのか、わかってるのか？
真砂子　わかってます。でも、どうしようもないんです。
安西　今までずっとそう思ってたの？　私たちのこと、他人だって。
真砂子　すみません。
ナツカ　いいよ、謝らなくて。でも、もっと早く言ってほしかった。（沢野に）お騒がせして、すみませんでした。
大橋　待ってください。安西君、今、どこに泊まってるかぐらいは言った方がいいんじゃない？
猪俣　そうね。せめて居場所ぐらいは伝えておくべきね。
沢野　答えなさいよ、安西君。
小松崎　（真砂子に）安西は僕の家にいます。
沢野　嘘。先生の家？
真砂子　（真砂子に）今まで連絡しないで、申し訳ありませんでした。安西はなるべく早く家に帰らせます。それまでは、僕が責任を持って、お預かりしますから。
よろしくお願いします。（と歩き出す）

大橋　一度、校長室に戻りましょう。沢野先生も来てください。皆さんは勉強を続けて。

沢野・大橋・真砂子が去る。

真鍋　（安西に）水臭いヤツだな。どうして俺の家に来なかったんだよ。
安西　君のお父さんは苦手なんだ。
ナツカ　今日は家に帰ったら？　あんまり奥さんを心配させない方がいいよ。
小松崎　よくそんなことが言えるね。原因を作ったのは柳瀬さんなのに。
ナツカ　私が？
小松崎　さっき、安西君が言ってたでしょう？　一日も早く自立したいって。それって、この前、柳瀬さんが言ってたことじゃない。
猪俣　そうか。（安西に）あなた、柳瀬さんに影響されちゃったわけ？
安西　今までずっと迷ってたんだ。でも、柳瀬さんのおかげで、やっと決心がついた。
ナツカ　でも、私は家出しろとは言ってないよ。
小松崎　甘いよ、二人とも。甘すぎて、頭が痛くなる。
真鍋　何だよ、それ。
小松崎　一日も早く自立したい？　そう思うなら、今すぐ実行すればいいじゃない。でも、柳瀬さんは家を出ない。安西君は出たけど、沢野先生の家に居候。結局、周りの人間に頼ってるじゃない。

ナツカ　今はね。でも、私はこのままでいいとは思ってない。

小松崎　口で言うだけなら、いくらでも言える。でも、本気で自立するつもりだったら、先延ばしなんかしないはずよ。あなたは家族に甘えてる。そして、そんな自分を許してる。

真鍋　そう言うおまえはどうなんだよ。おまえは家族に甘えてないのか？

小松崎　私に家族はいない。目が覚めたら、みんな死んでたの。

ナツカ・安西・真鍋・猪俣が去る。

小松崎　最終記憶。高校に入学したお祝いだと言って、パパがドライブに連れていってくれた。行き先は箱根の芦ノ湖。ママが家を出ていってから、助手席は私の指定席。さすがにゴールデンウィークだと渋滞がひどくて、お昼を過ぎても、小田原の手前。早起きして作ったサンドイッチを、運転席のパパに渡す。料理の腕には自信がないけど、パパはいつも「おいしい」と言ってくれる。ほら、今日もやっぱり、「おいしい」って。「怜奈のタマゴサンドは絶品だな」って。二人だけのドライブ。でも、大人になったら、彼氏と行くんだろうな。パパとはこれで最後かもしれないな。

小松崎が去る。

6

六月八日夕、沢野の家。
沢野・ナツカ・安西・真鍋がやってくる。

沢野　それで、俺にどうしろって言うんだ。安西を叩き出せばいいのか？
安西　勘弁してください。ここを追い出されたら、他に行く所がありません。
真鍋　ホテルに泊まったらどうだ？　金なら貸してやるぞ。
安西　借りても返せないよ。お小遣い、ちょっとしかもらってないから。
ナツカ　やっぱり、家に帰ったら？　帰りにくいなら、私がついていくよ。
安西　でも、今、帰ったら、スクールを辞めさせられる。
真鍋　どうしてそんなにスクールにこだわるんだ。自立したいなら、さっさと辞めて、働けばいいじゃないか。
安西　僕は大学に行きたいんだ。文学部で、小説の勉強をしたい。子供の頃から、作家になるのが夢だったから。
ナツカ　安西君が作家？

安西　その顔は、無理だと思ってるね？

ナツカ　そうは言わないけど、今から始めて、間に合うかな？

安西　夏目漱石は四十歳でデビューした。僕はまだ四十七歳だ。

真鍋　七歳の差は大きいんじゃないか？　しかも、向こうは漱石だし。

安西　やり直したいんだよ、もう一度。昨日まで作家を目指してたのに、気が付いたら、洋食屋の親父になってた。そんなの、絶対に納得できない。

沢野　でも、おまえの店は結構有名なんだろう？　それは、おまえが洋食屋に向いてたってことじゃないか。

安西　想像してみてください。突然、知らないおばさんがやってきて、「あなたの妻よ」って言うんです。「今年で結婚して、二十五年よ」って。さらに、僕より年上の男がやってきて、「お父さん」って呼ぶ。「父親なんだから、しっかりしろよ」って怒る。先生だったら、耐えられますか？

沢野　キツイな、かなり。

安西　キツイなんてもんじゃない。身に覚えのない罪で、死刑を宣告されるのと同じです。

真鍋　そこまで言ったら、奥さんがかわいそうじゃないか？

ナツカ　私は安西君の気持ちがわかるよ。私だって、自分がこんなふうになってるとは思わなかったもの。

真鍋　おまえには旦那も子供いないじゃないか。

ナツカ　でも、美大に行ったとか、広告代理店で働いてたとか、全然ピンと来ない。自分の作品は

沢野　いくつか見たけど、私が描いたものだとは思えなかった。
ナツカ　十六歳の頃は、絵に興味がなかったってことか？
真鍋　描くことは描いてました。でも、仕事にしようとまでは。
でも、絵は好きだったんだろう？　だから、続けた。好きなことを仕事にできるなんて、凄いと思うけどな。

ナツカがフラッシュバックに襲われる。頭を押さえて、ふらつく。

沢野　どうした、柳瀬？
ナツカ　頭が。
沢野　フラッシュバックか？　とりあえず、そこに座れ。

沢野がナツカを椅子に座らせる。チャイムが鳴る。

沢野　今度は誰だ。小松崎か？　猪俣か？　安西、真鍋、柳瀬を頼む。

沢野が去る。

安西　柳瀬さん、大丈夫？

ナツカ　心配しないで。もう平気だから。
真鍋　嘘つけ。顔色が真っ青だぞ。今、タクシーを呼んでやる。
ナツカ　ちょっと待って。真鍋君、私たち、前に会ったことがあるかな？
真鍋　前って、おまえがスクールに来る前か？
ナツカ　違う。病気になる前。さっきの真鍋君の言葉、前にも聞いたような気がして。
安西　やっぱり、フラッシュバックだったんだ。
ナツカ　「好きなことを仕事にできるなんて、凄いと思うけどな」。これと同じこと、前にも誰かに言われたの。
安西　それが真鍋君かもしれないってこと？
真鍋　いやいや、それはないよ。
安西　どうしてそう言い切れるんだよ。
真鍋　俺は病気になるまで、神戸で働いてたんだ。親父の知り合いの会社で。東京には滅多に帰らなかった。柳瀬と接点があったとは思えない。

そこへ、沢野・安西由紀人がやってくる。

沢野　安西、由紀人さんが話があるそうだ。
安西　（由紀人に）今度は由紀人さんですか。もう話すことはないですよ。言いたいことは全部、真砂子さんに伝えました。

由紀人　それが納得できないから、ここまで来たんじゃないか。先生、ご面倒をおかけしました。父は連れて帰ります。
安西　待ってください。僕は、帰るとは言ってません。
由紀人　恥ずかしくないのか？　いい歳をした大人が、他人に迷惑をかけて。
真鍋　忘れたんですか？　見た目はおっさんでも、中身は十六歳ですよ。
由紀人　（沢野に）この人たちは？
沢野　安西君の同級生です。こっちが真鍋で、こっちが柳瀬。
由紀人　真鍋って、真鍋敏晴の息子の？
真鍋　へえ、あなた、うちの父を知ってるんですか。もしかして、選挙の時、一票入れてくれました？
由紀人　君たちも家出してきたのか？
ナツカ　違いますよ。安西さんのことが心配で、様子を見に来たんです。
真鍋　（由紀人に）俺たち、安西の親友なんです。安西を連れて帰るって言うなら、まず、俺を倒してからにしてください。
ナツカ　真鍋君、ふざけないで。私たちが口出しすることじゃないでしょう？
真鍋　じゃ、放っておけっていうのか？　おまえ、安西がかわいそうだと思わないのか？
由紀人　かわいそう？
真鍋　安西はあなたが生まれたことも、育てたことも覚えてない。それなのに、父父親扱いされて、困ってるんだ。

由紀人　困ってるのはこっちの方だ。（安西に）俺はともかく、母さんがどれだけ辛い思いをしてるか、わかってるのか？
安西　申し訳ないとは思ってます。
由紀人　だったら、なぜ店を手伝わない。母さんはあんたの代わりに厨房に立って、夜は今まで通り経理をやって、それこそ寝る暇もないんだ。俺も手伝おうとしてるけど、まだ半人前で役には立たない。このままじゃ、母さんは間違いなく、過労で倒れる。そうなったら、うちの店は。
安西　でも、僕には何もできません。
由紀人　あんたは店を投げ出そうとしてる。店だけじゃなくて、俺と母さんも。あんたには何の未練もないだろうさ。でも、投げ出される俺たちはどうすればいい？　店を売って、他で働けっていうのか？
真鍋　もうやめろよ。安西を責めてもしょうがないだろう。
ナツカ　真鍋君。
由紀人　（安西に）頼むから逃げないでくれよ。あんたが覚えてなくても、一家の主だって事実は変わらないんだ。逃げないで、現実を認めろよ。
真鍋　逃げてるのは、あんたの方だろう。
由紀人　どうして俺が。
真鍋　安西は、あんたの知ってる安西じゃない。あんたが生まれる前の、十六歳に戻ったんだ。それが安西の現実なんだよ。あんたこそ逃げないで、現実を受け入れろよ。

由紀人　偉そうな口を叩くな、人殺しが。
真鍋　何のことだよ。
由紀人　親父に聞いてないのか？　おまえは人を殺したんだ。
安西　由紀人さん、冗談ですか？　冗談にしても、言っていいことと悪いことが。
沢野　（由紀人に）悪いけど、出ていってくれませんか？
由紀人　話はまだ終わってない。
沢野　僕は出ていってくれと言ったんです。言うことを聞かないと、警察を呼びますよ。
由紀人　（安西に）後で家に電話してくれ。母さん、心配してるから。

由紀人が去る。

ナツカ　信じられない。いくら頭に来たからって、あんなことを言うなんて。
真鍋　先生、俺、何かやったんですかね？
沢野　俺は知らない。
真鍋　本当ですか？　親父から何か聞いてませんか？
沢野　俺はただの教師だ。本人に言えないことを、俺に言うわけないだろう。
安西　真鍋君、ごめん。
真鍋　なぜおまえが謝るんだよ。
安西　由紀人さんは、普段は優しい人なんだ。僕が怒らせたから、あんなこと。本当にごめん。

真鍋　バカ。怒らせたのは俺だろうが。

沢野　真鍋、由紀人さんが言ったことは気にするな。

真鍋　わかってます。でも、何だか、おかしな話ですよね。嘘だとわかっていても、たまらなく不安になるんです。だって、俺は何も覚えてないんだから。

ナツカ　大丈夫よ。真鍋君は、人を傷つけるような人じゃない。

ナツカ・沢野・安西が去る。

7

六月八日夜、真鍋の家。
敏晴・彩子がやってくる。

敏晴　充、話というのは何だ。
真鍋　いや、別に大したことじゃないんだけどさ。久しぶりに、自分の写真が見てみたくなって。
敏晴　アルバムだったら、リビングの棚にあるはずだ。私は持ち出してない。
真鍋　それは子供の頃の写真だろう？　俺が見たいのは、高一から後の写真なんだ。
敏晴　なぜそんなものを。
彩子　自分がどこで何をしていたか、知りたいんですって。私は止めたんだけど、どうしてもって聞かないの。
敏晴　（真鍋に）おまえは、退院した直後のことを覚えてないのか？　記憶を取り戻そうとして、高校の卒業アルバムを見て。
真鍋　覚えてるよ。頭が割れるほど痛くなって、気を失ったんだ。
彩子　今、見ても、きっと同じことの繰り返しよ。

真鍋　そうかもしれない。でも、俺はどうしても見たいんだ。父さん、写真はどこにある？

敏晴　この家の中にはない。私の知り合いに預けた。

真鍋　どうしてそんなことを。

敏晴　偶然、おまえの目に触れたら、危険だからな。

真鍋　今すぐ、返してもらってくれよ。いや、場所を教えてくれれば、俺が取りに行く。

敏晴　それは止めた方がいい。

真鍋　どうして？　俺の写真は俺の物だ。父さんに取り上げる権利はない。

敏晴　もちろん、そんなことをするつもりはない。時期が来たら、必ずおまえに返す。でも、私にはわからない。おまえはなぜそこまで写真にこだわるんだ。

彩子　（真鍋に）やっぱり、記憶を取り戻したいの？　でも、それは諦めようって言ったじゃない。

真鍋　諦めるわけには行かないんだ。俺は「人殺し」って言われたんだから。

彩子　人殺し？　誰がそんなことを言ったのよ。

真鍋　誰でもいいだろう？　そいつは確かに、「おまえは人を殺した」って言ったんだ。「わからないなら、親に聞いてみろ」って。

敏晴　その人は私のことを知ってるのか？

真鍋　さあね。本当は写真なんか、どうだっていいんだ。俺が知りたいのは、自分が人を殺したかどうかなんだよ。

敏晴　バカバカしい。そんな愚劣な中傷に、耳を傾ける必要はない。

真鍋　本当に中傷って言い切れるのか？（と敏晴の腕をつかむ）
彩子　充、やめて。
敏晴　（真鍋の手を振り払って）私は都議会議員を三期つとめている。おまえが記憶を失くした期間も、二回選挙に勝っているんだ。犯罪者の父親に、そんなことが可能だと思うか？
真鍋　でも、政治家には権力があるだろう？　いろんな所に手を回して、俺がしたことを揉み消したのかもしれない。
敏晴　おまえは映画の見すぎだ。百年前ならともかく、今の日本でそんなことができるわけない。
真鍋　本当に？
敏晴　私の言うことを信じろ。おまえは絶対に人を殺してなどいない。

敏晴・彩子が去る。真鍋が椅子に座る。
沢野の家。
沢野・安西がやってくる。ペットボトルの水を飲む。

安西　先生、大丈夫ですか？
沢野　心配するな。ちょっと喉が渇いただけだ。
安西　劇的にしょっぱかったですもんね。僕が作ったチャーハン。
沢野　劇的どころじゃない。破壊的だ。
安西　これで洋食屋だったなんて、笑っちゃいますよね。やっぱり、僕は作家を目指します。

沢野　二つに一つしかないのか？　第三の道は考えられないのか？
安西　何ですか、第三の道って？
沢野　昼間はスクールに通って、夜は店で働く。で、余った時間に小説を書くんだ。
安西　それはつまり、家に帰れってことですか？
沢野　強制するつもりはないが、いつまでもここにいるわけにも行かないだろう。
安西　でも、僕には他に行く所がない。まさか、ダンボールで寝ろって言うんですか？
沢野　そこまでは言ってない。
安西　じゃ、どうして僕を追い出そうとするんです。
沢野　真砂子さんと由紀人さんに、もう一度、向き合ってほしいからだ。
安西　また話をしろって言うんですか？　そんなことをしたって、僕の気持ちは変わりませんよ。
沢野　おまえは真砂子さんにこう言ったよな？「あなたたちは赤の他人なんです」って。でも、本当に他人なのかな？

安西　他人ですよ。出会ったことも、一緒に暮らしたことも覚えてないんですから。
沢野　でも、記憶を失くした後は。真砂子さんたちと一緒に暮してきただろう。
安西　同じ家にいただけです。口はきいてません。
沢野　でも、真砂子さんが作った物を食べて、真砂子さんが洗った服を着てきた。そこまでしてもらったら、もう他人とは言えないんじゃないか？

安西　だからって、家族だとも思えません。
沢野　二つに一つしかないのか？　第三の道は考えられないのか？

安西　第三の道？

沢野　たとえば、俺とおまえの関係だ。俺はおまえの家族じゃない。それなのに、今は同じ部屋で暮してる。それって、なぜなんだろうな？

沢野が去る。安西が椅子に座る。

ナツカの家。

ナツカ・はつみ・和也がやってくる。

和也　（ナツカに）はつみに聞いたぞ。おまえ、また、フラッシュバックに襲われたんだって？

ナツカ　心配しないで。今はもう何ともないから。

和也　今度は何を思い出したんだ。フラッシュバックのきっかけは？

ナツカ　先週と同じ。真鍋君と話をしていて、彼の言葉で。

はつみ　（和也に）同じことを、前にも言われたことがあるって思ったんだって。

和也　（ナツカに）それだけか？　その言葉を言ったヤツの顔や声は思い出さなかったのか？

ナツカ　全然。ねえ、お兄ちゃん、私、どうして美大に行くことにしたのかな？

和也　それはやっぱり、絵を描く仕事がしたいと思ったからだろう。

ナツカ　でも、私には才能なんかない。美大に行こうって決めたのは、誰かに勧められたからだと思う。

和也　俺はそんなことをした覚えはないな。はつみは？

はつみ　その頃はまだ、和ちゃんと出会ってない。

ナツカ　「挑戦する前に諦めるなんて、君らしくないぜ」。「好きなことを仕事にできるなんて、凄いと思うけどな」。

はつみ　フラッシュバックのきっかけになった言葉ね？

ナツカ　この二つって、きっと、高二か高三の時に言われたんだと思う。進路に迷ってる時、誰かが言ってくれたのよ。

和也　「君らしくないぜ」って言い方は、どう考えても、男ね。ひょっとすると、その頃のボーイフレンドかも。

ナツカ　お兄ちゃん、覚えてない？　私が高校時代、仲が良かった男の子。

和也　さあな。その頃、俺は大学生じゃないか。サークルに夢中で、おまえとはあまり話をしなかった。

ナツカ　本当？

和也　おまえ、俺を疑うのか？

ナツカ　そうじゃないけど、同じ家で暮してて、知らないはずはないと思って。

和也　そうだ。アルバムを見たらどうだ。デートの写真か何か、見つかるかもしれないぞ。

ナツカ　写真はいい。また頭が痛くなるから。

和也　じゃ、俺がかわりに見てやろうか？

はつみ　和ちゃん、やめて。ナツカちゃんがまた倒れたら、どうするの？

ナツカ　どうして思い出せないんだろう。自分のことなのに。

はつみ　ナツカちゃん、この話はもうおしまいにしよう。
ナツカ　どうして忘れちゃったんだろう。大事なことなのに。

はつみ・和也が去る。沢野がやってくる。

空港。真鍋の近くに、敏晴・彩子がやってくる。二人とも、トランクを持っている。三人が並ぶ。沢野が写真を撮る。

校門。安西の近くに、真砂子・由紀人がやってくる。由紀人は学生服を着ている。三人が並ぶ。沢野が写真を撮る。

海岸。ナツカの近くに、和也・はつみがやってくる。二人とも、バッグを持っている。三人が並ぶ。沢野が写真を撮る。

真鍋・安西・ナツカが頭を押さえて、よろめく。敏晴・彩子・真砂子・由紀人・和也・はつみが三人から離れる。三人が家族を追いかける。が、フラッシュバックが起こり、頭を押さえて、立ち止まる。家族が去る。

8

六月十一日朝、東京都立再教育学校の校長室。
沢野・大橋がやってくる。

大橋　それじゃ、「人殺し」って言ったのは、安西君の息子さん？
沢野　安西由紀人という人です。
大橋　その人、真鍋君とはどういう関係？　まさか、初対面の人間に、「人殺し」とは言わないでしょう？
沢野　僕も気になったんで、次の日、安西の家に電話してみました。で、奥さんに聞いた所によると、由紀人さんは真鍋と同じ高校に通ってたんです。ただし、学年は真鍋の方が一年上ですが。
大橋　わかった。今の話、真鍋君のお父さんに知らせておく。で、真鍋君は今、どんな様子？　落ち込んだりしてないでしょうね？
沢野　見た目はいつもと変わりません。でも、内心は動揺してるんじゃないかな。父親に訴えたぐらいですから。

そこへ、東がやってくる。

東　あ、沢野さん。
沢野　おはようございます。（大橋に）それじゃ、僕は教室に行きます。
東　待ってください、沢野さん。学習発表会の企画書、いつになったら提出してくれるんですか？
沢野　すみません。今日中には必ず。
東　本当でしょうね？　締切は三日も前に過ぎてるんですよ。
大橋　出し物、まだ決まってないの？
沢野　いや、一応、写真展に決まったんですが、何を撮るかで揉めていて。
東　それをうまくまとめるのが、担任の仕事でしょう？
沢野　わかってます。今から、まとめてきます。

沢野が去る。

大橋　あなた、沢野さんにはやけに厳しくない？
東　あの人は締切破りの常習犯なんです。一般企業だったら、とっくの昔にクビですよ。どうしてあんな人をうちの学校に引っ張ってきたんですか？

大橋　決まってるじゃない。優秀だからよ。
東　どこが？
大橋　あの人は待てるの。生徒の成長が。

大橋・東が去る。
高一クラスの教室。
沢野・ナツカ・真鍋・安西・小松崎・猪俣が椅子に座っている。

沢野　それじゃ、まずは安西。
安西　僕は国分寺に行きたいです。村上春樹さんが住んでた街なんで。
小松崎　あなた、春樹のファンなの？
安西　気安く呼び捨てにしないでくれよ。僕は村上さんを尊敬してるんだ。デビューの時から。
真鍋　そうか。おまえが作家になりたいと思ったのは、村上が原因だったんだな？
小松崎　何々？　安西君は作家になりたいの？　意外。
沢野　小松崎、人をからかうのはやめろ。じゃ、次は小松崎。
小松崎　私は高輪のホテルに決めました。
猪俣　嘘。あなた、スカイツリーじゃなかったの？
小松崎　そうしようかと思ったんだけど、あそこはまだ工事中だから、外からしか撮れないでしょう？　その点、ホテルなら、ロビーとかレストランとか、撮影スポットがいっぱいあるじ

沢野　ゃない。（沢野に）どうですか？
猪俣　まあ、いいだろう。次は猪俣。
小松崎　私はテレビ局にするって言いましたけど、葛西臨海公園に変更します。
真鍋　何よ。あなたも変えたんじゃない。
猪俣　待て待て。（猪俣に）おまえ、この前、うちの親父になんて言った？　テレビ局の知り合いを紹介してくれって、頼んだよな？
真鍋　お父さん、もう声をかけちゃったかな？　そうだとしたら、謝っておいて。
小松崎　俺がか？
猪俣　（猪俣に）でも、どうして公園にしたの？
沢野　高校生の頃、何度か遊びに行ったの。あそこの観覧車は大きいんだよ。一番上まで行くと、地上一一七メートルの高さになるんだから。
真鍋　次は真鍋。
小松崎　俺は品川埠頭。そこに、俺がいた会社の本社があるんだ。
真鍋　お父さんに、高校はダメだって言われたから、会社にしたわけ？
沢野　親父は関係ない。（沢野に）臨海地区は、「現在の東京」を象徴する場所です。文句はないですよね？
安西　次は柳瀬。
ナツカ　先生、柳瀬さんは、撮影会には参加しませんよ。
　うん。やっぱり、参加することにした。

真鍋　本当かよ。あれだけ、団体行動はイヤだって言ってたくせに。

ナツカ　気が変わったの。（沢野に）私は上野毛に行きたいです。私が通ってた美大に。

沢野　ダメだ。

真鍋　そんな。理由も聞かずに反対するなんて、ひどくないですか？

安西　賛成。柳瀬さん、理由を言いなよ。

ナツカ　（沢野に）日本の美術は今、世界中から注目されています。今、美大で勉強している人たちの中にも、やがて世界で活躍するアーティストがいるはずです。そういう人を撮ることは。

沢野　やめろ。そうやって、いくらご託を並べても、俺は騙されない。

ナツカ　騙すって？

沢野　おまえは過去を思い出したい。だから、自分が通ってた美大に行きたいんだ。

真鍋　いいじゃないですか、それならそれで。あれだけイヤだって言ってた柳瀬が、参加する気になったんです。美大だろうとどこだろうと、認めてやりましょうよ。

沢野　俺が写真展のテーマを「現在の東京」にしたのは、なぜだと思う。

真鍋　過去の自分じゃなくて、現在の自分を見つめるためでしょう？

沢野　それだけじゃない。おまえたちにもわかってるはずだ。無理に過去を思い出そうとすると、倒れる危険性がある。

真鍋　でも、倒れない可能性もある。どっちを選ぶかは、個人の自由だ。

沢野　もちろん、そうだ。おまえたちにはどこでも行きたい所に行く権利がある。いつでも好き

猪俣　な時に、一人で行けばいいんだ。
沢野　それは無理ですよ。一人で行って、フラッシュバックが起きたりしたら。
小松崎　だから、俺は勧めない。（ナツカに）とにかく、撮影会は、過去とは関係のない場所にしてもらう。もう一度、考え直せ。
沢野　柳瀬さん、諦めたら？　私たちだって、一緒に行ったあなたがバッタリ倒れたら、困るもの。（沢野に）じゃ、柳瀬さん以外は決まりってことでいいですね？
小松崎　いや、おまえもダメだ。
沢野　私も？　どうしてですか？
猪俣　もし間違っていたら、言ってくれ。おまえが言った、高輪のホテルっていうのは、亡くなったお父さんが勤めていた所じゃないか？
沢野　え？　そうなの？
猪俣　猪俣はどうだ。おまえが葛西臨海公園に行ったのは、いつの話だ。さっき、高校生の頃って言ったけど、それは二年か三年の時じゃないのか？
小松崎　そうなの、猪俣さん？
沢野　安西も同じだな？　おまえは前にも国分寺に行ってる。おまえは村上春樹の足跡を辿りたいんじゃない。自分の足跡を辿りたいんだ。
真鍋　違うよな、安西？
安西　そう言われれば、そうなのかもしれない。確かに、僕は高三の時、国分寺に行ってる。本にメモが書き込んであったんだ。

沢野　おまえたちは一体何を考えている。五人が五人とも、「現在の東京」なんか撮る気はない。みんな、「過去の自分」じゃないか。
ナツカ　違います。
沢野　いや、違わない。おまえたちは記憶を取り戻したいだけだ。
ナツカ　それが今、一番知りたいことなんです。それが今の自分なんです。
沢野　もう一度、言う。撮影会は、過去とは関係ない場所にしてもらう。それがイヤなら、一人で行け。
真鍋　わかりましたよ。先生、俺、早退します。（と歩き出す）
安西　まさか、今から行くつもり？
ナツカ　（沢野に）私も早退します。（と歩き出す）
安西　柳瀬さんまで、何を言い出すんだ。今は授業中なんだよ。

真鍋・ナツカが去る。後を追って、安西が去る。

沢野　おまえたちは行かないのか？
小松崎　先生、どうして知ってたんですか？　私のパパの勤め先。
沢野　バカにするな。俺はおまえの担任だ。

沢野が去る。後を追って、小松崎が去る。

猪俣

最終記憶。美術室の裏が喫煙所になっていることは、噂で聞いていた。私は、決まりを守らない人間は大嫌いなので、なるべく近寄らないことにしていた。でも、その日はたまたま美術の先生に用事があったのだ。窓の外を歩く横顔。それは同じクラスの男子だった。信じられない。ちょっとカッコイイと思ってたのに。注意してやる！　怒りに燃えた私は、窓から外に飛び出した。角を曲がるとやっぱり。彼が煙草をくわえていた。でも、嘘。目から涙がボロボロこぼれてる。どうして悪いことをしながら泣くのよ。彼は空を見上げていた。九月の空は真っ青に輝いていた。

猪俣が去る。

9

六月十一日朝、東京都立再教育学校の校門。
ナツカ・真鍋・安西がやってくる。

真鍋　（手を挙げて）タクシー！
安西　ダメだよ、真鍋君。教室に戻ろうよ。
ナツカ　（後ろを見て）あ、沢野先生が来た！
真鍋　まずい。早く乗れ。（と安西の背中を押す）
安西　どうして僕まで？
真鍋　いいから、早く。柳瀬も。（とナツカの背中を押す）

ナツカ・真鍋・安西がタクシーに乗る。

真鍋　（運転手に）東京駅までお願いします。
安西　イヤだ。僕は行きたくない。

ナツカ　（後ろを見て）あ、先生が追いかけてくる。
真鍋　（運転手に）運転手さん、急いでもらえますか。
ナツカ　（後ろを見て）先生がだんだん離れていく。あ、何か叫んでる。「バカヤロウ」？
真鍋　ざまあみろ。でも、驚いたな。柳瀬はともかく、安西までついてくるなんて。
安西　違う。僕は君たちを止めようと思ったんだ。
真鍋　そうだったのか？　でも、これで、おまえも俺たちの仲間だ。よろしくな。
安西　タクシーを止めてよ。僕は降りる。
真鍋　その前に、俺の話を聞いてくれ。実は、おまえらを仲間と見込んで、頼みがあるんだ。俺と一緒に、神戸に行ってくれないか？
ナツカ　神戸？　あなた、品川埠頭に行くんじゃなかったの？
真鍋　前に言っただろう？　俺は神戸で働いてたって。俺は会社に就職して、すぐに神戸に転勤させられたんだ。で、四年目に、コスタ症候群になった。
ナツカ　それはつまり、自分が住んでいた街を撮りに行くってこと？
安西　写真展のテーマは「現在の東京」だよ。「現在の神戸」じゃない。
真鍋　わかってるよ、そんなこと。
ナツカ　じゃ、どうして？
真鍋　自分の過去を全部辿りたいんだ。そうすれば、俺が本当に人を殺したかどうか、わかる。
安西　由紀人さんが言ったこと、気にしてたの？
真鍋　最初はネットで調べたんだ。俺の名前をキーワードにして。でも、一つもヒットしなかった。真鍋充が人を殺したって記録は、どこにもなかった。

ナツカ　あるわけないよ、そんな記録。

真鍋　でも、まだ安心はできない。その時、俺が未成年だったとしたら、名前は出ないからな。だから、次は、高校の時の友達に電話した。でも、みんな、俺のことはあんまり覚えてなくて。一番仲が良かったヤツなんか、引っ越してて、居場所がわからなかった。そいつとは一生の友達だと思ってたのに、昔の友達になってたんだ。

ナツカ　私も同じよ。中学の時の友達に電話したら、一瞬、私が誰かわからなかった。仕方ないよね。私にとっては昨日でも、向こうにとっては遠い過去なんだから。

安西　僕なんか怖くて、誰にも連絡を取ってない。

ナツカ　(真鍋に) でも、過去を辿るなら、一番遠い所からにした方がいいんじゃない?

真鍋　いや、一番近い所からの方がいい。その方が、相手の記憶もはっきりしてるはずだし。どうだ?　一緒に行ってくれるか?

ナツカ　そうしてあげたいのはやまやまだけど、私、関西には行ったことがないのよ。

真鍋　それは俺だって同じだ。俺は河口湖より西に行ったことがない。

ナツカ　私なんか、箱根よ。

安西　僕は中学の時、京都に行ったよ。修学旅行で。

真鍋　安西、今日ほど、おまえが立派に見えたことはない。頼むから、俺たちを神戸に連れていってくれ。金なら、俺が出すから。

安西　わかったよ。でも、泊まりがけは困る。沢野先生が心配するから。

真鍋　ありがとう、安西！
ナツカ　(前を見て) この道、混んでるみたいね。
真鍋　電車に乗り換えるか。(運転手に) すみません。ここで降ります。

ナツカ・真鍋・安西がタクシーから降りる。去る。
東京都立再教育学校の廊下。
沢野・大橋がやってくる。

大橋　どうだった？
沢野　ダメです。三人とも、電源を切ってるみたいです。
大橋　そうなると、もう連れ戻す手はないか。
沢野　いや、あいつらの行き先はわかってます。品川と上野毛と国分寺。まずはここから一番近い、品川に向かったはずです。
大橋　真鍋君が勤めていた会社ね？
沢野　うちのクラスの授業、かわりにやってもらえますか？
大橋　今から品川に行くって言うの？　ダメダメ。後は私に任せて、あなたは教室に戻って。
沢野　でも、僕はあいつらの担任です。(と走り出す)
大橋　待ちなさい、沢野さん。これは校長命令よ。

沢野を追いかけて、大橋が去る。
東京駅。
ナツカ・真鍋・安西がやってくる。

真鍋　安西、さっさと新幹線に乗ろうぜ。
安西　僕だって、そうしたいよ。でも、どの改札から入ればいいのか、わからないんだ。
ナツカ　あれも新幹線、これも新幹線。神戸に行くのは、どの新幹線？
安西　ダメだ。ここは、僕の記憶の中にある東京駅とは、まるで違う。僕は案内人失格だ。
真鍋　このままじゃ、神戸どころか、ホームにも辿り着けないぞ。どうするよ。
ナツカ　そうだ。小松崎さんに電話してみたら？　あの人なら、旅行とかバンバンしてそうじゃない。
真鍋　よし、頼んだ。
安西　その仕事、僕にやらせてくれないか？　名誉挽回のために。

ナツカ・真鍋・安西が去る。
東京都立再教育学校の廊下。
小松崎・猪俣がやってる。小松崎は携帯電話を持っている。

猪俣　今、どこだって？

小松崎　もうすぐ、名古屋だって。駅に着いたら、だるまの名古屋コーチン弁当を買えって言っておいた。
猪俣　詳しいのね、小松崎さん。
小松崎　私、学校が終わった後とか、土日とか、ちょくちょく仕事に行ってるの。表向きは、記憶を失くしてないことになってるから。で、関西にもたまに出張で行くわけ。
猪俣　それじゃ、今もフラワーアレンジメントを教えてるの？
小松崎　それはさすがに無理ね。適当な理由をつけて、ごまかしてる。
猪俣　凄い。私、小松崎さんを見直した。
小松崎　私には頼る人がいないんだもん。何とか一人でやっていくしかないのよ。

小松崎・猪俣が去る。
神戸にある会社の前。
ナツカ・安西がやってくる。安西はガイドブックを持っている。

安西　大丈夫かな、一人で。
ナツカ　私たちが一緒に行ったら、変に思われるじゃない。真鍋君一人に任せた方がいいよ。
安西　用事が済んだら、どうする？　とりあえず、中華街に行ってみる？
ナツカ　安西君、私たち、観光旅行に来たわけじゃないんだよ。
安西　それはわかってるよ。でも、せっかく神戸まで来て、真鍋君の会社だけ見て帰るなんて、もったいないじゃないか。あ、真鍋君。

そこへ、真鍋がやってくる。

ナツカ ずいぶん早かったね。話はもう終わったの？

真鍋 どうするよ。いきなり、状況が変わっちまったよ。

ナツカ 状況って？

真鍋 意外と小さなオフィスだったんだ。ワンフロアで、社員は十人ぐらいいたかな。入口の近くにいた人に、「こんにちは」って声をかけたら、「どちら様ですか？」って。

ナツカ その人、真鍋君のことを知らなかったの？

真鍋 そいつだけじゃない。社員全員が俺のことを不審そうな目つきで見てたんだ。だから、思わず、「安西です」って答えたんだ。

安西 なぜ僕の名前を。

真鍋 わからないけど、何かがおかしいって思ったんだよ。で、「ここに以前、真鍋充って男がいたと思うんですが」って言ったら、奥から支社長っていう人が出てきて、「真鍋充は今、休職中です」って。

ナツカ どういうこと？　支社長まで、真鍋君の顔がわからなかったの？

安西 （真鍋に）みんな、真鍋君が病気になった後に、入社したって可能性は？

ナツカ 十人全員が？

真鍋　そんなこと、あるわけないよな？　でも、念のためにと思って、支社長に聞いてみたんだ。そうしたら、「私が神戸支社に来たのは五年前です」って。

ナツカ　真鍋君が神戸に転勤したのは、四年前だよね？

安西　ということは？

真鍋　俺はこの会社にいなかった。親父は嘘をついてたんだ。

ナツカ・真鍋・安西が去る。

10

六月十一日夕。

小松崎・猪俣が別々の場所にやってくる。それぞれ、携帯電話を持っている。

小松崎　猪俣さん？　今、真鍋君から電話があってさ。

猪俣　何々？　今度は帰りの新幹線に乗れないって言ってきたの？

小松崎　ううん、神戸にはもうしばらくいるみたい。今は、三宮の病院にいるんだって。

猪俣　病院？　そんな所へ何しに行ったのよ。

小松崎　そこは、真鍋君が病気で倒れた時、運ばれた所なんだけどね。自分が本当に運ばれたかどうか、確かめに行ったのよ。でも、患者の個人情報は開示できないって断られたんだって。

猪俣　嘘。本人にも教えてくれないの？

小松崎　あのバカ、学生証を持っていかなかったんだって。だから、私に、自分が本人だって証明する方法を教えてくれって言うのよ。

小松崎・猪俣が去る。
神戸にある病院。
ナツカ・真鍋・安西がやってくる。

ナツカ 小松崎さん、何だって？

真鍋 免許証かパスポートがないと、無理だってさ。そんなの、いちいち持ち歩くわけないだろう。

ナツカ じゃ、諦めるしかないのね。

安西 （真鍋に）この病院の記憶は残ってないの？

真鍋 全然。目が覚めた時には、東京にいた。親父が迎えに来て、ここから東京の病院に移したんだ。

安西 たぶん、それも嘘なんじゃないかな。真鍋君は東京で倒れて、東京の病院に運ばれた。転院なんかしてないんだよ。

ナツカ 決めつけるのは早いよ。ちゃんと確かめてからでないと。

真鍋 いや、もう十分だ。会社、倉庫、アパート。どこに行っても、俺がいた痕跡はなかった。俺は神戸にはいなかったんだ。

安西 お父さん、どうして嘘をついたのかな？

真鍋 決まってるだろう？　俺の過去には、何か隠しておきたい事実があるんだ。こうなったら、何が何でも暴いてやる。次は品川の本社だ。東京に帰るぞ。

安西　ちょっと待って。帰る前に、行きたい所があるんだけど。
真鍋　中華街なら、一人で行け。
安西　違うよ。僕が行きたいのは、神戸高校。村上春樹さんの母校なんだ。
ナツカ　へえ、村上さんて、神戸の出身だったの？
安西　うん。三宮からなら、バスで三十分もかからないと思う。坂の上にあって、凄く眺めがいいんだって。
真鍋　勝手にしろ。俺は先に帰るからな。
安西　そう言わずに、一緒に行ってよ。ちょっと見たら、すぐに帰るから。
ナツカ　（真鍋に）ちょっとだけなら、いいんじゃない？
真鍋　バスなんか面倒臭い。タクシーで行くぞ。
安西　ありがとう！

神戸高校の前。
ナツカ・真鍋・安西が並んで、遠くを見る。

真鍋　すげえ。
安西　ね？　いい眺めだろう？
真鍋　海なんて、久しぶりに見た気がするな。柳瀬は？
ナツカ　私も。

安西　そうか。村上さんは十六歳の時、この景色を見てたのか。

ナツカがフラッシュバックに襲われる。頭を押さえて、ふらつく。

安西　柳瀬さん、どうしたの？
真鍋　（ナツカに）まさか、またフラッシュバックか？
ナツカ　灯台。
真鍋　何だって？
ナツカ　目の前に浮かんだの。赤い灯台。

ナツカがひざまずく。真鍋・安西がナツカを椅子に座らせる。安西が去る。
六月十一日夜、真鍋の家。
敏晴・彩子がやってくる。

敏晴　充の居場所はわかったか？
彩子　いいえ。でも、さっき、沢野先生から電話があって、品川にも上野毛にも国分寺にも、三人が行った形跡はなかったって。
敏晴　（腕時計を見て）もう九時か。まさか、具合が悪くなって、病院に担ぎ込まれたんじゃないだろうな。

彩子　それならそれでいいじゃない。無事でいてさえくれれば。
敏晴　おまえは充に甘すぎる。あいつは授業を放棄して、記憶を取り戻しに行ったんだぞ。
彩子　あの子はあの子なりに苦しんでるのよ。
敏晴　だからって、何をしてもいいということにはならない。
彩子　あなたの言う通りよ。でも、あの子を厳しく叱るのはやめて。そんなことをしたら、あの子はまた。
敏晴　心配するな。同じ失敗は二度としない。

敏晴・彩子が去る。
神戸にある病院。
ナツカが目を開ける。

ナツカ　ここ、どこ？
真鍋　昼間来た病院。救急車を呼んだら、ここに運び込まれたんだ。医者の話だと、しばらく寝てた方がいいってさ。
ナツカ　今、何時？
真鍋　(腕時計を見て)　午後十時。東京行きの最終は一時間も前に発車した。
ナツカ　ごめん。
真鍋　気にするな。それより、今の気分は？

ナツカ　まだ少し頭が痛い。
真鍋　やっぱりな。おまえ、ずっとうわ言を言ってたぞ。「灯台」「灯台」って。

安西が戻ってくる。数枚の紙を持っている。

安西　目が覚めたの？
ナツカ　ごめんね。私のせいで、帰れなくなっちゃって。
安西　僕が悪いんだよ。僕が神戸高校に行こうなんて言い出したから。
真鍋　バカ。あんな所でフラッシュバックが起こるなんて、誰に想像できる。あー、腹が減ったな。（ナツカに）俺、コンビニに行ってくる。何かほしい物はないか？
安西　その前に、これを見てよ。（と紙を差し出す）
真鍋　（受け取って）何だ、これ？　全部、灯台の写真か？
安西　柳瀬さんが何度も「灯台」って言ってただろう？　だから、看護婦さんに聞いてみたんだ。「神戸に灯台はありますか？」って。そうしたら、パソコンで調べて、印刷してくれた。
真鍋　おい、この灯台は。
安西　ビックリしただろう？　それは、須磨の海浜公園にある灯台。赤い灯台なんて、初めて見たよ。
ナツカ　（真鍋に）見せて。
真鍋　ダメダメ。またフラッシュバックが起きたら、どうするんだ。

ナツカ　どうしても見たいの。お願い。
真鍋　わかったよ。でも、苦しくなったら、すぐに目をつぶれよ。（と差し出す）
ナツカ　（受け取って）そっくり。さっき、目の前に浮かんだのと、そっくり。
安西　それじゃ、柳瀬さんは前にも神戸に来たってこと？
ナツカ　私、ここに行きたい。今すぐに。
真鍋　そんなこと、できるわけないだろう。医者は、一晩、安静にしてろって言ったんだ。
ナツカ　でも、行きたいの。
安西　明日の朝にしよう。一晩ぐっすり寝て、元気を取り戻してから。
ナツカ　わかった。
安西　寝る前に、家に電話しておいた方がいいんじゃない？　家族の人たち、心配してると思うよ。
ナツカ　そうだね。でも、なんて言えばいいんだろう。

六月十二日朝、須磨海浜公園。
ナツカ・真鍋・安西がやってくる。三人が並んで、遠くを見る。

真鍋　確かに、写真で見た通りだな。上から下まで真っ赤だ。
安西　柳瀬さん、気分は？
ナツカ　大丈夫。今度は何も浮かんでこない。

安西　良かった。
ナツカ　でもね、あの灯台を見た時、そばに誰かがいたような気がする。
安西　誰かって？
ナツカ　わからない。でも、たぶん、大事な人。
真鍋　どうしてそう思うんだよ。
ナツカ　私、手をつないでたの。その人と。

ナツカがブレスレットを見つめる。

11

六月十二日昼、東京駅。
沢野がやってくる。

沢野 楽しかったか、神戸の旅は？
ナツカ 沢野先生、どうしてここに？
安西 ごめん、僕が知らせたんだ。
真鍋 昨夜、電話した時か？　神戸にいることは絶対に言わないって、約束しただろう。
安西 最初はそのつもりだったんだよ。でも、先生は、今、どこにいるとは聞かなかった。無事ならそれでいいって、電話を切ろうとしたんだ。それで急に申し訳なくなっちゃって、思わず、「神戸にいます」って言っちゃったんだ。
ナツカ (沢野に) で、朝からホームで待ってたんですか？
沢野 いや、今朝、また安西から電話があって、「十時ののぞみで帰ります」って。
ナツカ 安西君。
安西 だって、電話しないと、無断欠席になっちゃうだろう？

真鍋　（沢野に）俺たちに何の用です。まさか、ここまで叱りに来たんですか？
沢野　叱られても仕方ないことをしたっていうのは、わかってるんだな？
真鍋　ええ、まあ。
沢野　しかし、反省はしてない。
ナツカ　先生に迷惑をかけたことは、申し訳なかったと思っています。それから、家族を心配させたことも。
沢野　だったら、このまま家に帰って、お兄さんとお義姉さんに謝るか？
ナツカ　はい。
沢野　真鍋は？
真鍋　謝りますよ。でも、その前に教えてください。俺が神戸に行ったこと、親父には言いましたか？
沢野　もちろんだ。安西から聞いて、すぐに電話した。
真鍋　どうしてそんな勝手なことを。
沢野　俺が知らせなければ、お父さんは警察に捜索願を出していた。それほど、おまえのことを心配していたんだ。
真鍋　違いますよ。俺が勝手なことをしたのが許せなかったんです。（と歩き出す）
沢野　どこに行く。
真鍋　どこだって、いいでしょう？（ナツカ・安西に）俺がどこに行くか、絶対に言うなよ。
安西　ちょっと、真鍋君！

真鍋が去る。安西が後を追うが、立ち止まり、胸を押さえる。

ナツカ 安西君？　どうしたの？

安西 胸が……。

沢野 痛むのか？　胸のどのあたりだ？

安西がひざまずく。沢野が安西を椅子に座らせる。真鍋がやってくる。

真鍋 最終記憶。夏休みに自転車旅行をしようって言い出したのは、美樹本だ。でも、行き先は俺が決めた。犬吠埼。家から直線距離で、一一〇キロ。初めてにしてはちょっと遠いけど、男ならそれぐらいの冒険心がなきゃ。午前五時、玄関の扉をそっと開ける。目の前に、自転車にまたがった美樹本。バカだね。もう汗をかいてやがる。と、誰かが俺の肩をつかんだ。振り返ると、親父が立ってた。「どこへ行く」「二人だけでか」「誰が行っていいと言った」。確かに、内緒にしてた俺も悪いよ。でも、言ったら、反対されると思ったから。美樹本が泣いてる。バカだな。十六にもなって。クソー……。

真鍋が去る。

六月十二日夕、安西の家。

真砂子がやってくる。

真砂子　（沢野に）それで、お医者さんはなんて？
沢野　狭心症の発作だと言ってました。
真砂子　狭心症？　この人、心臓が悪いんですか？
沢野　いいや、症状が軽いので、おそらく一過性のものだろうってことでした。薬を飲んで、しばらく安静にしていれば、治るそうです。
真砂子　でも、どうして急に？　原因は何なんでしょう？
沢野　医者は、たぶん、ストレスじゃないかと。
真砂子　そうですか。わざわざ送ってくださって、ありがとうございました。柳瀬さんでしたよね？　あなたもありがとう。
ナツカ　いいえ、私はただくっついてきただけで。
真砂子　（安西に）でも、どうして急に帰ってきたの？　病気になって、この家が恋しくなった？
安西　もう一度、あなたと話がしたくて。
真砂子　そうなの？　それはちょうどよかった。実は、私もあなたに話があったの。離婚届に判を押してほしいのよ。
ナツカ　離婚？
真砂子　（安西に）そうするのが、お互いのためだと思うの。私は由紀人とここを出ていく。お店の方は、不動産屋さんに頼んで、居抜きで買い取ってくれる人を探してもらう。

ナツカ　お店を売っちゃうんですか？　どうして？
真砂子　お恥ずかしい話ですけど、近頃、売り上げが落ちてきてるんです。やっぱり、私が作った物だと、味が落ちるみたいで。常連のお客さんがどんどん離れてしまったんです。
安西　全然知りませんでした。どうして言ってくれなかったんですか？
真砂子　だって、あなた、お店には全然興味を示さなかったじゃない。そんな人に何を相談しても、無駄でしょう？
安西　何とかして続けることはできないんですか？
真砂子　今すぐ潰れるってわけじゃないからね。続けようと思えば、できないことはない。でも、私はもう疲れたの。あなたが復帰するまで、何とか頑張ろうと思ってたけど、本人にその気がないんじゃ。
安西　すみません。
真砂子　判子、押してくれるよね？
安西　少し考えさせてもらえませんか。あまりに急な話なので。
真砂子　それはそうよね。でも、私は一日も早く、この家を出たいの。だから、なるべく早く答えを出して。
安西　わかりました。
真砂子　それで、あなたの方の話は？
安西　ええと、何だったかな。今の話にビックリして、忘れちゃったみたいです。ごめんなさい。

そこへ、由紀人がやってくる。

由紀人　驚いたな。突然のご帰還か？

真砂子　この人、狭心症の発作で倒れたんだって。

由紀人　（安西に）自業自得だ。いい歳をして、勝手なことばかりしてるからだ。

沢野　違いますよ。ずっと僕の部屋で暮していて、ストレスが溜まってたんだと思います。

由紀人　（安西に）で、これからどうするんだ？　今日から、この家で暮らすのか？

沢野　できれば、そうさせてもらいたいです。今の安西君には、休息が必要です。

由紀人　（安西に）俺はあんたに聞いたんだ。

真砂子　由紀人、そういう口のきき方はやめなさい。

安西　（由紀人に）僕はここで暮します。ここは僕の家ですから。

ナツカ　安西君、顔色が良くないよ。横になった方がいいんじゃない？

安西　うん、そうする。

沢野　（真砂子に）それじゃ、僕らはこれで失礼します。

真砂子　いろいろありがとうございました。（安西に）一人で歩ける？

真砂子が安西を支えて、去る。

沢野　柳瀬、帰ろう。

ナツカ　（由紀人に）教えてください。どうして真鍋君にあんなことを言ったんですか？
由紀人　あんなこと？
ナツカ　「人殺し」って言ったでしょう？　いくら頭に来たからって、ひどすぎるじゃないですか。
沢野　言われたのは真鍋だ。おまえには関係ない。
由紀人　（ナツカに）先生の言う通りだ。それに、俺は嘘は言ってない。
ナツカ　あなたは真鍋君が人を殺すところを見たんですか？
由紀人　見るわけないだろう。
ナツカ　じゃ、何の根拠があって、「人殺し」なんて言ったんですか？
沢野　やめろ、柳瀬。
由紀人　（ナツカに）俺は真鍋と同じ高校だったんだ。あいつの方が一年上だから、口をきいたことはなかったけど、噂はいろいろ耳に入ってきた。
ナツカ　噂？　あなたが言ったことは、ただの噂だったんですか？
由紀人　そうだよ。悪いか？
ナツカ　悪いに決まってるじゃないですか。あなたのおかげで、どれだけ真鍋君が傷ついたか。
沢野　柳瀬。
ナツカ　（由紀人に）あなたには思いやりってものがないんですか？　記憶を失くした人間の気持ちを、少しでも考えたことがあるんですか？
由紀人　考えたさ、何度も何度も。でも、俺にはさっぱりわからなかった。
ナツカ　でも。

沢野　柳瀬、もう何も言うな。（由紀人に）生徒が失礼なことを言って、申し訳ありません。でも、安西君のことは、もう一度考えてやってくれませんか。記憶を失くした人間は、周りの人間が考える以上に、苦しんでるんです。

由紀人　俺にはもう関係ない。

沢野　そう言わずに、彼に向き合ってください。彼はそのために帰ってきたんです。

由紀人　用はもう済んだんだろう？　さっさと出ていってくれてないか？

沢野　わかりました。柳瀬。

ナツカ　（由紀人に）安西君のこと、よろしくお願いします。

由紀人が去る。

12

六月十二日夜、ナツカの家。
和也・はつみがやってくる。

和也　（沢野に）すみませんね、わざわざ家まで送っていただいて。
ナツカ　私はいいって言ったんだよ。でも、これは担任としての義務だって。
沢野　病院や安西の家まで付き合わせたからな。（和也・はつみに）帰りが遅くなって、申し訳ありませんでした。
はつみ　いいえ、こちらの方こそ、義妹がいろいろご迷惑をおかけしちゃって。
和也　（沢野に）よかったら、少し休んでいきませんか？　今、お茶を淹れてきますから。
沢野　いや、僕はこれで失礼します。
和也　そう言わずに、ナツカの学校での様子を聞かせてくださいよ。
沢野　でも、今日は家庭訪問じゃないんで。
和也　物はついでですよ。こいつ、ワガママを言って、先生を困らせてませんか？
はつみ　先生を困らせてるのは、和ちゃんの方よ。（沢野に）お引き止めして、申し訳ありません

沢野　でした。これからも、義妹をよろしくお願いします。それじゃ。
ナツカ　ありがとうございました。

沢野が去る。

和也　なるほど。ナツカはああいう男がタイプなのか。
ナツカ　誰がそんなことを言った？
和也　初めてスクールに行った日だよ。あの先生のこと、カッコいいって言ったじゃないか。俺と比べたら、九対〇だって。
ナツカ　まだ根に持ってたの？
はつみ　見た目はともかく、先生としてはとっても信頼できる。あの人、昨日は一日中、走り回ってたのよ。ナツカちゃんたちを探すために。
ナツカ　そうなの？
和也　品川、上野毛、国分寺。この三角形を三周したらしい。いくら担任とは言え、そこまでする人はなかなかいないぞ。
はつみ　（ナツカに）先生にはちゃんと謝ったんでしょうね？
ナツカ　もちろん。
和也　で、俺たちには？

ナツカ　心配をかけて、申し訳ありませんでした。
和也　やけにしおらしいな。いつもだったら、くどくど言い訳するのに。
ナツカ　先生と約束したの。お兄ちゃんとはつみさんに、ちゃんと謝るって。お兄ちゃん、私のアルバム、どこにある？
和也　親父の部屋の押入れだけど、それがどうした？
ナツカ　私、見たいの。押入れのどの辺り？（と歩き出す）
和也　待て待て。俺が取ってきてやる。

和也が去る。

はつみ　どういう風の吹き回し？　あれほど、写真を見るのをイヤがってたのに。
ナツカ　はつみさん、私、神戸に行ったことがあるよね？
はつみ　神戸？　私は知らないけど。
ナツカ　あるのよ、絶対。いつ、誰と行ったかは、わからないけど。
はつみ　その写真を探そうっていうの？　でも、もしまたフラッシュバックが起きたら。
ナツカ　大丈夫。我慢してみせる。

そこへ、和也が戻ってくる。アルバムを三冊持っている。

和也　ほら、これで全部だ。（と差し出す）
ナツカ　ありがとう。（と受け取り、アルバムを開く）
はつみ　大丈夫？
ナツカ　うん。
はつみ　和ちゃん、ナツカちゃんは神戸に行ったことがある？
和也　さあな。大学を卒業する前、友達と沖縄に行ったのは覚えてるけど。
ナツカ　就職してからは？
和也　おまえは旅行に行くより、家で絵を描く方が好きだったからな。出かけるとしても、せいぜい美術館か映画館ぐらいで。
はつみ　（ナツカに）私がこの家に来てからも、そうよ。旅行らしい旅行はしてないと思う。
ナツカ　そんなはずない。私は確かに、神戸に行ったの。
はつみ　フラッシュバックで、何か思い出したの？
ナツカ　赤い灯台。須磨海浜公園にある、赤い灯台が浮かんだの。私は誰かと、その灯台を見たのよ。
和也　そう言われても、おまえの口から「神戸」って言葉を聞いたのは、これが初めてだからな。
ナツカ　お兄ちゃん、私が病気になる前、付き合ってる人はいなかった？
和也　今度は彼氏か？　俺はいなかったと思うけど。
ナツカ　はつみさんは？
はつみ　和ちゃんと同じ。仕事が忙しくて、それどころじゃなかったんじゃない？
ナツカ　それじゃ、誰だったんだろう。誰がそばにいてくれたんだろう。

はつみ　ねえ、ナツカちゃん。もしナツカちゃんに付き合ってた人がいたとしてよ。わざわざ突き止めようとしなくてもいいんじゃないかな。
ナツカ　どうして？
はつみ　その人は今、ナツカちゃんのそばにいない。ということは、病気になる前に、別れたってことでしょう？
ナツカ　そうかもしれない。でも。
はつみ　突き止めてどうするの？　会いに行くの？　でも、ナツカちゃんは何も覚えてない。会っても、何の話もできないんだよ。
ナツカ　でも、私は知りたいの。
和也　ナツカ。
ナツカ　だって、私は思い出したんだもの。その人と手をつないだことを。

ナツカが椅子に座る。その周囲に、他の登場人物たちがやってきて、それぞれの椅子に座る。ナツカが立ち上がる。と、その椅子に真鍋が座る。真鍋が座っていた椅子に、ナツカが座ろうとする。と、その椅子に安西が座る。と、安西が座っていた椅子に、小松崎が座る。と、小松崎が座っていた椅子に、猪俣が座る……。ナツカは空いている椅子を探して、椅子の間をさまよう。と、他の登場人物たちが椅子を持って、去る。が、椅子が一つだけ残っている。ナツカがその椅子に歩み寄る。椅子の上に、ブレスレットが置いてある。ナツカがブレスレットを取り上げ、自分のブレスレットと見比べる。それは全く同じ物。ナツカがブレスレットを持って、去る。

13

六月二十一日朝、東京都立再教育学校の高一クラスの教室。
小松崎・猪俣が、写真を印刷した紙を見ている。そこへ、東がやってくる。

東 おはよう。あら？　まだ二人しか来てないの？
小松崎 最近、このクラスは出席率が悪いんですよ。
猪俣 それより、どうして東先生が？　沢野先生はお休みですか？
東 今、ちょっと用事があってね。代理で、私が来たわけ。じゃ、朝のホームルームを始めるよ。
小松崎 その前に、これを見てくれませんか？　昨日の撮影会で撮ってきた写真です。（と紙を差し出す）
東 （受け取って）あ、これ、スカイツリーね？
小松崎 そうです。でも、完全な選択ミスでした。押上の建設現場に行っちゃったから、一枚に納めようとしたら、上を向いて撮るしかなくて。おかげで、今日は首がコチコチ。
東 それはお気の毒さま。あら、こっちは違う場所？
猪俣 汐留の日本テレビです。本当は、ビルの中が撮りたかったんですけど、ツテがなくて。で、

東　仕方なく、ゼロスタ広場と日テレショップを。

小松崎　でも、みんな、よく撮れてる。これなら、まさに「現在の東京」って感じ。

東　それはそうなんですけど、東京に観光旅行に来た人の写真にも見えますよね？

うん、見える。

そこへ、ナツカがやってくる。

ナツカ　おはよう。

東　柳瀬さん、二分の遅刻よ。

ナツカ　でも、沢野先生はまだ来てないですよね？

東　私が代理。そうだ。朝のホームルームを始めなきゃ。

小松崎　柳瀬さん、昨日の写真はプリントアウトしてきた？

ナツカ　うん、一応。（とカバンから紙を取り出す）

東　ほら、三人とも席に座って。

小松崎　（ナツカの手から紙を取って）うわあ、カッコいい。

猪俣　（小松崎の手から紙を取って）信じられない。まるで、プロのカメラマンが撮ったみたい。

東　どれどれ？（と猪俣の手から紙を取って）本当だ。どれも構図が決まってる。さすがに、広告デザイナーだっただけのことはあるね。

ナツカ　でも、その頃の記憶は残ってないんですよ。

猪俣　じゃ、もともとセンスが良かったってことよ。悔しいけど、完敗だわ。
東　（ナツカに）でも、どうしてうちの学校を撮ろうと思ったの？
ナツカ　本当は、自分が通ってた美大に行きたかったんですけど、沢野先生に反対されちゃって。
小松崎　「過去の自分はダメだ」って言われたのよね。
ナツカ　（東に）だから、もう一度、考え直してみたんです。私にとっての「現在の東京」って、どこだろうって。
東　で、うちの学校だと思ったわけだ。
小松崎　私は普段行かない場所にしてほしかったな。
猪俣　でも、楽しかったじゃない。校長室やボイラー室に入れてもらえたし。

そこへ、沢野・安西・大橋がやってくる。

大橋　東さん、この状態は何？　ホームルームはまだ始まってないの？
東　すみません。今、始めようと思ってたところで。
ナツカ　安西君、病気は治ったの？
沢野　どうする、安西？　俺から話すか？
安西　いいえ、自分で話します。
小松崎　どうしたのよ、深刻な顔をして。
安西　僕は今日でこの学校を退学します。今までありがとうございました。

猪俣　嘘。どうして急に？
安西　店の仕事を手伝うことにしたんだ。だから、学校に来る余裕がなくなった。
ナツカ　それじゃ、お店は売らないことになったのね？
安西　とりあえずはね。でも、僕には皿洗いぐらいしかできないから、この先、どうなるかはわからない。
ナツカ　真砂子さんと由紀人さんは？
安西　まだ家にいる。
ナツカ　そう。よかった。
小松崎　事情はよくわからないけど、要するに奥さんとは仲直りしたわけね？　だったら、学校を辞めることはないじゃない。私は仕事と学校を両立してるよ。
安西　僕には無理だよ。体がもたない。
猪俣　小説はどうするの？　作家になるのは諦めたの？
安西　諦めるつもりはないよ。勉強はこれからも一人で続ける。
小松崎　だったら、学校に残って、やればいいじゃない。
沢野　安西はこの十日間、必死で考えた。そして、もう一度、家族と生きることを選んだんだ。
大橋　（安西に）それじゃ、校長室に戻りましょうか。東先生、後はお願いします。
東　え？　まだ私が？

そこへ、真鍋がやってくる。

真鍋　おはようございます。
東　おはよう、真鍋君。風邪はもう治ったの？
真鍋　ええ、まあ。沢野先生、俺、みんなに話したいことがあるんですよ。三分だけ、時間をくれませんか？
沢野　悪いが、後にしてくれ。俺はこれから校長室に行くんだ。
真鍋　そう言わずに、お願いしますよ。俺、十日も学校を休んだでしょう？　その間に何をしてたか、報告したいんです。
小松崎　やっぱり、風邪じゃなかったのね？
大橋　真鍋君、沢野先生は「後にしてくれ」って言ったのよ。
沢野　校長先生、三分だけ待ってくれませんか？
大橋　でも、沢野先生。
沢野　真鍋、話してみろ。
真鍋　ありがとうございます。じゃ、時間がないから、手短に話しますね。十日前、俺は柳瀬たちと神戸に行きました。俺がいた会社に。ところが、そこにいたヤツらは、俺の顔を知らなかった。俺は神戸には行ってなかったんです。
小松崎　どういうこと？　あなた、お父さんから、嘘を教えられてたの？
真鍋　こうなったら、自分の過去を全部確かめるしかない。東京に帰ってきて、まずは品川の本社に行った。そこにも、俺の顔を知ってるヤツはいなかった。つまり、俺は初めから入社

猪俣　なんかしてなかったんだ。次は大学。こっちはちゃんと入学してた。ところがなんと、たったの一年で退学。十九歳の時、俺には何かが起きたんだ。

真鍋　何かって？

猪俣　それからは大忙しだ。十九歳の俺を知ってる人間に、片っ端から会いに行った。まあ、そのほとんどが、高校の時の同級生だけど。でも、みんな、「知らない」「覚えてない」ばかり。十人を超えたところで、さすがにおかしいと思ったよ。もしかして、誰かに口止めされてるんじゃないかって。

ナツカ　一番仲が良かった人は？　ほら、引っ越しして、居場所がわからなかった人。

真鍋　美樹本だろう？　あいつなら、きっと本当のことを言ってくれる。そう思って、会いに行ったよ。わざわざ、札幌まで。そしたらなんと、死んでやがった。

ナツカ　そんな、まさか。

真鍋　七年前の冬、俺は美樹本と二人でスキーに行った。その帰り道、俺たちが乗った車は、ガードレールに衝突した。原因は、ハンドルの切り損ない。つまり、運転手の俺が事故を起こしたんだ。それなのに、俺は生き残って、助手席の美樹本は死んだ。安西、由紀人さんが言ってたことは、本当だった。俺は人殺しなんだ。

大橋　それは違う。あれはあくまでも事故だったのよ。あなただって、ひどい怪我を負った。そのまま死んでもおかしくないほどの重傷だったの。

真鍋　へえ、校長先生は知ってたんですか。てことは、沢野先生も？

沢野　お父さんから聞いていた。

真鍋　なぜ黙ってたんですか？　親父に口止めされたんですか？

沢野　口止めというのとは、ちょっと違う。おまえにショックを与えないために、しばらくの間、伏せておいてほしいと言われたんだ。

真鍋　それで、喜んで協力したと。

沢野　そうだ。俺は、それが最善の道だと思ったんだ。

真鍋　よくわかりました。先生を信じた俺がバカでした。（と走り出す）

ナツカ　真鍋君！

真鍋を追って、ナツカが去る。沢野・小松崎・猪俣・大橋・東も去る。

安西　校門を入ると、目の前に桜の木が立っていた。一本。二本。体育館までずらりと並んでいた。花はない。昨夜の雨でほとんど散っていた。入学式というヤツは、何度経験しても、緊張する。周囲を見回しても、知っている顔が一つもないからだ。胸の底で、不安がフツフツと湧いてくる。うまくやっていけるだろうか。友達はできるだろうか。式が始まる。退屈な祝辞。視線を逸らすと、金網が張られた窓。その向こうにも一本、桜が立っていた。体育館が雨よけになったのだろうか。その桜は満開だった。何だか、無性にうれしくなった。大丈夫。あの子はここでやっていける。

安西が去る。

14

六月二十一日昼、真鍋が通っていた高校の校門。
真鍋・ナツカがやってくる。

ナツカ　真鍋君、勝手に入っちゃ、まずいよ。見つかったら、警察に通報されるよ。（と真鍋の手をつかむ）

真鍋　（ナツカの手を振り払って）イヤならついてくるな。

ナツカ　わかった。真鍋君が行くなら、私も行く。

真鍋　おまえは関係ないだろう。

ナツカ　関係あるよ。神戸に行った日、真鍋君はこう言ったよね？　俺たちは仲間だって。苦しんでる仲間を放っておくわけには行かないよ。

真鍋　後悔してるんじゃないか？　人殺しなんかと仲間になって。

ナツカ　バカ！（と真鍋を叩いて）私を見損なわないで。あなたが過去に何をしようと、私の気持ちは変わらない。

真鍋　頼むから、俺を一人にしてくれ。

ナツカ　一人にしたら、二度と会えなくなる気がする。絶対についていく。
真鍋　勝手にしろ。

真鍋が歩き出す。ナツカが後を追う。
教室。
真鍋・ナツカがやってくる。

ナツカ　ここ、真鍋君がいた教室？
真鍋　一年三組。俺の席がここで、美樹本の席がここだった。
ナツカ　美樹本君とはいつ頃からの付き合い？
真鍋　中学一年。俺、その頃は、今よりもっと空気が読めない人間でさ。おかげで、クラスで浮いちゃって。そんな時、話しかけてくれたのが美樹本だったんだ。
ナツカ　優しい人だったんだね。
真鍋　そうだよ。そんな優しいヤツを、俺は殺したんだ。
ナツカ　違うよ。真鍋君はそんなことしてない。ただ、ハンドルを切り損なっただけだよ。

ナツカが携帯電話を取り出す。別の場所に、沢野がやってくる。携帯電話を持っている。

沢野　今、どこにいる。

ナツカ　真鍋君が通ってた高校です。
沢野　じゃ、真鍋と一緒にいるんだな？　真鍋と代わってくれ。話がある。
ナツカ　（真鍋に）沢野先生が、話があるって。
真鍋　俺にはない。
ナツカ　（沢野に）代わりたくないそうです。
沢野　じゃ、おまえから真鍋に伝えてくれ。怒れって。
ナツカ　怒れ？
沢野　おまえは過去を捏造された。たとえどんな理由があったにせよ、おまえは騙されたんだ。それなのに、なぜ逃げる。自分を騙した人間に、なぜ怒りをぶつけない。
ナツカ　それは、お父さんに文句を言えってことですか？
真鍋　（ナツカの手から携帯電話を取って）先生はどうなんです。自分は悪くないって言うんですか？
沢野　いや、俺も同罪だ。おまえに責められても仕方ないことをしたと思ってる。
真鍋　今さら、手遅れですよ。
沢野　そう言って、許すのか？　本当は怖いんじゃないか？
真鍋　先生が？　冗談言わないでくださいよ。
沢野　違う。俺は、お父さんが怖いんじゃないかと言ったんだ。
真鍋　（ナツカに携帯電話を押しつけ、走り出す）
ナツカ　真鍋君、待って！

真鍋・ナツカが去る。沢野が携帯電話を切る。
真鍋の家。
敏晴・彩子が椅子に座っている。そこへ、沢野がやってくる。

彩子　充の居場所がわかったんですか？
沢野　彼が通っていた高校に行ってました。うちのクラスの柳瀬と一緒に。
彩子　そうですか。無事でよかった。
沢野　無事かどうかは、まだわかりませんよ。
彩子　どういうことですか？
沢野　真鍋さん、彼は今、美樹本君のことを知って、混乱しています。あなたの対応の仕方によっては、その混乱がさらに悪化することも考えられる。
敏晴　そんなことは、あなたに言われなくても、わかっています。
沢野　彼にすべてを話してください。事実をありのままに。
敏晴　でも、そんなことをしたら、充はまた。
沢野　それしか、彼を救う方法はないんです。お願いします。

そこへ、真鍋・ナツカがやってくる。

彩子　充。
沢野　（真鍋に）よく帰ってきたな。心配してたんだぞ。
真鍋　なぜ先生がここにいるんですか。
沢野　おまえが来るのを待ってたんだ。おまえと話がしたくて。
真鍋　違うでしょう？　また親父と作戦会議をしてたんでしょう？　今度は俺をどうやって騙そうかって。
ナツカ　真鍋君、先生がそんなことするわけないよ。
真鍋　おまえは黙ってろ。
沢野　真鍋、怒る相手が違うぞ。おまえを騙したのは、俺とお父さんとお母さんだ。言いたいことがあるなら、俺たちに言え。
彩子　充、ごめんなさい。あなたに嘘をついて、本当に悪かったと思ってるのよ。
真鍋　謝るくらいなら、なぜ最初に本当のことを言ってくれなかったんだ。
彩子　あなたには受け止められないと思ったからよ。また、同じことを繰り返してほしくなかったの。
真鍋　何だよ、同じことって。
敏晴　待て、彩子。
彩子　でも、これ以上、隠し続けたら、充は。
敏晴　私が話す。何もかも。
彩子　あなた。

敏晴　充、聞いてくれ。七年前、おまえは事故で重傷を負って、この近くの病院に入院した。そして、三カ月後の退院の日に、姿を消したんだ。私たちはすぐに警察に捜索願を出した。しかし、おまえの居場所はわからなかった。六年後、おまえがコスタ症候群で倒れたという連絡が来るまで。
ナツカ　それじゃ、真鍋君は六年も行方不明だったんですか？
真鍋　（敏晴に）その間、俺はどこで何をしてたんだ。
敏晴　おまえが倒れたのは、新大久保の公園だった。おまえはその公園に、水を飲みに行ったんだ。アパートの水道を止められたから。
真鍋　冗談だろう？
彩子　いいえ、本当のことよ。私たちはあなたのアパートに行ってみた。水道どころか、電気もガスも止められて、冷蔵庫も空っぽで。とてもじゃないけど、人が暮せるような状態じゃなかった。
真鍋　仕事はしてなかったのか？
彩子　大家さんの話だと、たまにアルバイトをしてたようだって。でも、倒れる一カ月ぐらい前からは、ずっと部屋に引きこもってたって。
敏晴　（真鍋に）病院に駆けつけて、驚いた。おまえはまるで、別人だった。頬がこけて、手も足も棒のようになっていた。
真鍋　つまり、俺は生きる気力を失くしてたってわけか。
敏晴　おまえをそうさせたのは私だ。事故の後、私はおまえを責めた。おまえは美樹本君の命を

真鍋　奪った。これから一生をかけて、償っていけと。父さんなら、そう言うだろうな。でも、それは間違ってない。俺のしたことは、取り返しのつかないことだ。

敏晴　いや、私は間違っていた。私はおまえにこう言うべきだったんだ。私も一緒に償うと。

真鍋　でも、父さんは何もしてない。

敏晴　違うんだ、充。病院で、痩せこけたおまえの顔を見て、初めて気づいたんだ。おまえをここまで追い詰めたのは私だと。私はおまえにいつも、間違ったことをするなと言ってきた。人に後ろ指を差されたくなかったら、正しいことだけをしろと。

真鍋　父さんは政治家だ。そう言うのは、当然さ。

敏晴　本当は苦しかったんじゃないか？　私にそう言われ続けることが。だから、病院から逃げ出したんじゃないか？

真鍋　俺は。

敏晴　間違っていたのは私だったんだ。いつも正しいことだけをしろと言ってきたくせに。おかげで、私はおまえを失った。たった一人の息子を。

真鍋　父さん。

敏晴　おまえが記憶を失くしたと知った時、私はチャンスだと思った。失った息子を取り戻すチャンスだと。私はおまえと一からやり直したかった。何でも話し合える、普通の親子になりたかった。

ナツカ　最初に、そう言えばよかったのに。

沢野　柳瀬、やめろ。

ナツカ　（敏晴に）本気でやり直したかったら、全部正直に話をすればよかったんですよ。私が真鍋君だったら、きっとそうしてほしかった。

彩子　でも、充が美樹本君のことを知って、また姿を消したら？　私たちにはそれが怖かったんです。

ナツカ　それでも、話してほしかった。そうでしょう、真鍋君？

真鍋　わからない。でも、美樹本が死んだって聞いた時、俺はこう思ったんだ。やっぱり、俺はダメな人間だ。父さんの言う通りにはできないって。

敏晴　充。

真鍋　でも、今の話を聞いて、よくわかった。結局、父さんは俺を自分の思い通りにしたいだけなんだ。

敏晴　違う。

真鍋　違わないよ。だって、父さんは俺の過去を捏造した。父さんの思い通りの人生を歩んだことにしたじゃないか。（と歩き出す）

彩子　充！

沢野　待て、真鍋。（と真鍋の腕をつかむ）

真鍋　放してください。

沢野　お父さんとお母さんにもう一度、チャンスをくれ。頼む。

真鍋　放してください。

敏晴　先生、充を放してやってください。
彩子　あなた。
敏晴　（真鍋に）おまえはおまえの行きたい所に行けばいい。私は止めない。私はおまえを自分の思い通りにしようとは思わない。二度と。
彩子　でも、そんなことを言ったら、充は。
敏晴　（真鍋に）そのかわり、何か困ったことがあったら、いつでも帰ってこい。私たちはここで待ってる。いつまででも。
真鍋　全く、父さんはオーバーだな。俺はちょっと自転車に乗りたくなっただけだよ。近所を一回りしたら、すぐに戻ってくる。柳瀬、付き合え。
ナツカ　本当に戻ってくる？
真鍋　生まれて初めて、親父に頭を下げられた。息子として、無視するわけには行かないだろう。
ナツカ　それに、みんな、肝心なことを忘れてるよ。
真鍋　肝心なことって？
ナツカ　俺は美樹本を死なせた。やり直さなきゃいけないのは俺なんだ。行くぞ、柳瀬。
ナツカ　うん。

真鍋・ナツカが去る。沢野・敏晴・彩子も去る。

15

六月三十日朝、東京都立再教育学校の高一クラスの教室。
小松崎・猪俣が写真パネルを見ている。そこへ、東がやってくる。写真パネルを持っている。

東　おはよう。あら、また二人だけ？
小松崎　まだ始業時間になってないじゃないですか。そのうち、みんな来ると思いますよ。
猪俣　（東に）沢野先生、また何か用事ですか？
小松崎　（猪俣に）ちょっと待って。東先生、その手に持っているのは、もしかして。
東　そう。私も写真展に参加させてもらおうと思って、自分で撮ってきたの。（と写真パネルを差し出す）
猪俣　え？　なぜ新幹線？
東　よく見て。これは、二〇〇七年に営業運転を開始した、N七〇〇系のぞみ。まさに、「現在の東京」を象徴する電車でしょう？
小松崎　悪いけど、ボツですね。こんなのを飾ったら、ますますお上りさんの写真展になっちゃうじゃないですか。

そこへ、ナツカがやってくる。写真パネルとスケッチブックを持っている。

ナツカ　おはよう。
東　柳瀬さん、これを見てよ。なかなか悪くない写真でしょう？　（と写真パネルを差し出す）
小松崎　（ナツカに）あら、そのスケッチブックは？
ナツカ　昨日、買ったの。私、また絵を描いてみようかと思って。
猪俣　もう一度、広告デザイナーを目指すことにしたわけだ。
ナツカ　そこまでは考えてないけど、何だか無性に描きたくなっちゃって。
小松崎　もう、何か描いた？　ちょっと見せてよ。（とスケッチブックを取る）
ナツカ　まだ一枚だけしか描いてないよ。
猪俣　何、これ？　火の見櫓？
東　違う違う。（ナツカに）これ、灯台よね？
小松崎　嘘。灯台って、普通、白くないですか？
東　そうとは限らないよ。私もこういう灯台、前に見たことがある。
ナツカ　どこでですか？

そこへ、沢野・真鍋がやってくる。二人とも、写真パネルを持っている。

真鍋　朝っぱらから賑やかだな。何の話をしてるんだ？

小松崎　柳瀬さんが絵を描いてきたのよ。ほら。（とスケッチブックを差し出す）

真鍋　（ナツカに）これ、神戸の灯台だな？

猪俣　ひょっとして、この前、神戸に行った時に見たの？

真鍋　ああ。

東　ちょっと貸して。（とスケッチブッチを取って）おかしいな。私が見たのは、神戸じゃなかったと思うんだけど。沢野先生は知りませんか？

沢野　何がですか？

東　（スケッチブックを差し出して）こういう灯台、東京の近くで見たことがありませんか？

沢野　さあ。それより、そろそろ準備を始めないと。みんな、椅子を並べるのを手伝ってくれ。

全員で椅子を一列に並べ始める。そこへ、大橋・安西・真砂子・由紀人がやってくる。安西は写真パネルを持っている。

大橋　準備中、失礼します。皆さん、私に三分だけ時間をください。

ナツカ　安西君、来てくれたの？

安西　うん。もし良かったら、僕の写真も展示してもらえないかと思って。

小松崎　あなたも写真を持ってきたの？　見せて見せて。（と写真パネルを取る）

沢野　（真砂子に）今日は安西のためにわざわざ？

真砂子　いいえ、私も写真展ていうものが見てみたくて。良かったら、私たちにも何か手伝わせてください。
沢野　安西の様子はどうです。まじめに仕事をしてますか？
真砂子　ええ。私や由紀人とも話をするようになって。何だか、昔に戻ったみたいです。
沢野　（由紀人に）あなたも来てくれたんですね。
由紀人　俺は真鍋さんに一言、謝りたくて。（真鍋に）この前はひどいことを言って、すみませんでした。
真鍋　謝ることないですよ。あなたが言ったことは、全部事実だったんだから。
由紀人　でも、さすがに「人殺し」は、言い過ぎでした。反省してます。
真鍋　あなた、美樹本の知り合いだったんですか？
由紀人　陸上部の一年後輩です。俺、美樹本さんのこと、凄く尊敬してて。だから、事故で亡くなった時、ムチャクチャ悔しくて。でも、この前、親父に言われたんです。真鍋さんはもっと悔しかったんだって。本当に申し訳ありませんでした。
真鍋　もういいですって。それより、俺たちの写真を見てってくださいよ。
ナツカ　先生、見てください。安西君の写真です。（と写真パネルを差し出す）
沢野　（安西に）これは、どこかの学校か？
真砂子　由紀人が通ってた小学校です。テーマと違うんじゃないのって言ったんですけど、自分はこれを展示したいって。
沢野　やっぱり、そうか。

真砂子　やっぱりって？
沢野　安西、おまえ、思い出したんじゃないか？　失くした記憶を。
安西　いや、僕は。
沢野　たぶん、東京駅で倒れた時だ。おまえは病院で意識を取り戻すと、突然、「家に帰る」って言い出した。医者の診断は狭心症だったけど、本当はフラッシュバックだったんじゃないか？
真砂子　そうなの、あなた？
安西　いきなり、目の前に、次から次へと、映像が浮かんできて。真砂子さんに初めて会った日、結婚した日、由紀人さんが生まれた日。最後は、小学校の入学式でした。体育館の窓から、桜の花が見えて。
真砂子　どうして言ってくれなかったの？　今まで。
安西　だって、僕が思い出したのは、それだけですから。料理の仕方や、店の経営の仕方は思い出せない。相変わらずの役立たずなんです。それに。
真砂子　それに？
沢野　覚えてませんか？　安西が病院から帰った時。
真砂子　そうか。あの時、私は「離婚してくれ」って言った。（安西に）だから、記憶を取り戻したことが言えなくなったのね？
安西　でも、真砂子さんは悪くない。離婚を決意させたのは僕なんですから。
真砂子　じゃ、店の仕事を手伝い始めたのは？

安西　厨房に立てば、料理の仕方が思い出せるかと思って。今のところ、成果はゼロですけど。
真砂子　本当にどうしようもない人ね。そんな大事なことを、今まで隠してたなんて。
安西　すみません。
沢野　安西、一つだけ教えてくれ。真佐子さんと由紀人さんは、今でも赤の他人か？
安西　僕が思い出したのは、ほんの四つか五つの記憶です。それだけで、すぐに元には戻れません。でも、先生、言ったじゃないですか。二つに一つしかないのか、第三の道は考えられないのかって。
真砂子　第三の道？
沢野　一緒に暮していく、仲間です。
安西　もちろん、真砂子さんと由紀人さんが許してくれたらの話ですけど。
真砂子　仲間か。どうする、由紀人？
由紀人　いいんじゃないの？　まだ、一家の主って呼べるほど、頼りにならないし。
ナツカ　良かったね、安西君。
真鍋　じゃ、この写真はもらうぜ。（とナツカの手から写真パネルを取って、椅子の上に置き）先生、できましたよ。

一列に並んだ椅子の上に、それぞれ写真パネルが置いてある。

大橋　へえ、結構、写真展らしくなったじゃない。あら、この写真は何？

東　私が撮った、N七〇〇系のぞみです。

小松崎　あ、それはボツです。（と写真パネルを取って）そのかわりに、柳瀬さんの絵を飾りましょう。（とスケッチブックを置く）

真鍋　（ナツカに）おまえも思い出せるといいな。この灯台を一緒に見た人。

沢野　真鍋、安西の記憶が戻ったからと言って、柳瀬もそうなるとは限らない。

ナツカ　でも、可能性はあるでしょう？

沢野　忘れたのか？　記憶障害が治るのは、千人に一人なんだ。

ナツカ　でも、それは、記憶が完全に回復した人の数ですよね？　断片的な記憶だったら、もっとたくさんの人が。

沢野　俺はここでたくさんの生徒を見てきた。その内、記憶が一部でも回復したのは一人だけ。安西一人だけなんだ。

ナツカ　でも。

沢野　せっかく、もう一度、絵を描く気になったんだ。もう過去にはこだわるな。

ナツカ　（スケッチブックを取って、歩き出す）

真鍋　どこに行くんだ？

ナツカ　トイレ。

ナツカが去る。

大橋　沢野先生、可能性を頭から否定したら、かわいそうじゃないですか。

沢野　過去にこだわってたら、前に進めません。

小松崎　でも、沢野先生は柳瀬さんに厳しすぎますよ。最初の頃に比べたら、大分、協調性がついてきたのに。

猪俣　結局、写真展にも参加したもんね。

真鍋　でも、あいつ、本当にトイレに行ったのかな？

大橋　どうしてそう思うの？

真鍋　だって、スケッチブックを持っていったじゃないですか。

沢野が去る。後を負って、全員が去る。

池袋駅。

和也・はつみがやってくる。反対側から、ナツカがやってくる。

和也　どうしたんだ、ナツカ。これから、学校に行こうと思ってたのに。

ナツカ　お兄ちゃん、教えて。（とスケッチブックを差し出して）この灯台のこと、本当に何も知らない？

和也　また、その話か？　俺は何も聞いてないって言っただろう。

ナツカ　そばに誰かがいたはずなの。その人のこと、どうしても思い出したいの。

はつみ　ナツカちゃん、無理に突き止めるのはやめた方がいいよ。

ナツカ　でも、どうしても知りたいの。そうしないと、私はいつまでも経っても、一人のまま。
和也　一人ってどういうことだ。おまえには、俺とはつみがいるじゃないか。
ナツカ　わかってる。でも、私にはその人が必要なの。必要なのよ。（と和也の腕をつかむ）
和也　ナツカ。
ナツカ　教えて、お兄ちゃん。お願い。
和也　ナツカ、今まで黙ってて、済まなかった。おまえには付き合ってた人がいた。おまえとその人は、三年前から二人で暮してたんだ。
ナツカ　いつまで？
和也　おまえがコスタ症候群になるまでだ。おまえが入院してからも、その人はずっとそばについてた。でも、おまえが記憶障害を起こしたってわかった時、「二度と会わない」と言ったんだ。
ナツカ　どうして？
はつみ　ナツカちゃんはその人の記憶を失くした。出会ったことも、一緒に暮らしたことも。ナツカちゃんから見たら、赤の他人になってしまった。だから、その人はナツカちゃんの前から姿を消すことにしたの。
ナツカ　どうして止めてくれなかったの？
はつみ　もちろん、止めたよ。ナツカちゃんのそばにいてほしいって頼んだ。でも、ダメだった。「俺はおまえの恋人だって言ったら、ナツカが苦しむ。それくらいなら、最初からいなかったことにした方がいい」って。

ナツカ　誰なの、その人は？　今、どこにいるの？

和也　それだけは言えない。死んでも言わないって、約束させられたんだ。

ナツカ　その人はもう、私に会いたくないんだね。

はつみ　それは違う。その人はナツカちゃんが嫌いになったわけじゃない。好きだからこそ、会わないって決めたの。

ナツカが去る。

16

真鍋・安西・小松崎・猪俣が別々の場所にやってくる。それぞれ、携帯電話を持っている。

小松崎　柳瀬さん、あなた、学校を抜け出したの、これで何回目？　保育園児じゃないんだから、さっさと戻ってきなさい。

猪俣　柳瀬さん、写真展、大盛況だよ。あなたの写真を売ってほしいって人まで現れた。値段を決めたいから、早く戻ってきて。

安西　柳瀬さん、みんな、君のことを心配してる。沢野先生なんか、また東京中を駆け回ってるんだ。お願いだから、どこにいるか、教えてくれないか。

真鍋　柳瀬、おまえは俺のこと、仲間だって言ったよな？　それなのに、なぜ一人で出ていった？　なぜ俺を誘わなかったんだ。

別の場所に、ナツカがやってくる。携帯電話を持っている。安西・小松崎・猪俣は去る。

ナツカ　もしもし？

真鍋　おまえ、俺が何回電話したと思ってるんだ。
ナツカ　ごめん。今まで、電車に乗ったり、バスに乗ったりしてたから。
真鍋　どこに行ったんだ。
ナツカ　高校と大学と会社。
真鍋　バカ。そんな所へ一人で行って、フラッシュバックが起きたら、どうするつもりだったんだ。
ナツカ　どうしても思い出したかったの。でも、全部、無駄足。これから、家に帰るところ。そうだ、真鍋君にお願いがあるんだけど。
真鍋　何だ。
ナツカ　東先生が言ったこと、覚えてる？　東京の近くにも、赤い灯台があるって。
真鍋　それがどこにあるか、調べろって言うんだな？　よし、任せろ。

真鍋が去る。

ナツカ　最終記憶。一学期の最後の日、ホームルームが終わると、私は美術室に行った。描きかけの絵の続き。でも、いくら描いても、自分の思い通りの絵にならない。私にはやっぱり才能がないんだ。イライラして、キャンバスに筆を叩きつけた。そのとき、窓の外から、ピアノの音。この部屋の上は音楽室。また、音楽の先生が弾いてるんだ。それは古いジャズの曲。悩みや苦しみに別れを告げて、旅立とうという曲だった。心に日が差してくる。再び筆を取って、キャンバスに向かう。先生のピアノに合わせて、適当な歌詞を口ずさみながら。バイ・バイ・ブラックバード。

別の場所に、真鍋が現れる。携帯電話を持っている。

真鍋 柳瀬、赤い灯台が見つかったぞ。

ナツカ もう？

真鍋 ネットで調べたら、意外といろんな所にあった。焼津、敦賀、御前崎。でも、東京の近くだったら、横浜だ。

ナツカ そんな近くにあるの？

真鍋 横浜港内防波堤灯台。防波堤の上にあるから、船に乗らないと、辿り着けない。でも、山下公園からなら、ギリギリ、肉眼で見える。

ナツカ わかった。今から行ってみる。

真鍋 俺も一緒に行こうか？

ナツカ 心配しないで。私一人で大丈夫。

真鍋 わかった。頑張れよ。

真鍋が去る。

ナツカ　湘南新宿ラインに乗って、元町・中華街で下車。地上に出ると、もう日が暮れ始めていた。角を曲がると、マリンタワー。その向こうに、山下公園の東口があった。真っ直ぐ歩いて、海に近づく。潮の香りが急に強くなる。あの船は氷川丸？　ダメだ。何も思い出せない。柵に沿って、歩き出す。赤い灯台はどこ？　海に向かって、目を凝らす。あ、あれは？　黒い水面のはるか向こうに、赤い建物。そうだ。私が見たのは、あの灯台だった。でも、思い出せない。何も頭に浮かんでこない。その時、背中から声が聞こえた。「柳瀬」と呼ぶ声が。

六月三十日夕、山下公園。
沢野がやってくる。

沢野　柳瀬。
ナツカ　先生、どうしてここにいるんですか？
沢野　おまえを待ってたんだ。
ナツカ　私がここに来るって、どうしてわかったんですか？　真鍋君に聞いたんですか？
沢野　今朝、赤い灯台の絵を見せてくれただろう。あの後、思い出したんだ。ここから見える灯台が、確か赤い色をしてたって。
ナツカ　先生、手を握らせてください。
沢野　どうして。

ナツカ　お願いします。手を握らせてください。
沢野　ほら。（と右手を差し出す）
ナツカ　（沢野の右手を握って）ああ。
沢野　どうした、柳瀬。
ナツカ　先生だったんですね？　ここで一緒に灯台を見たのは、先生だったんですね？「挑戦する前に諦めるなんて、君らしくないぜ」。そう言ってくれたのは、先生だったんですね？
沢野　お兄さんから聞いたのか？
ナツカ　先生は兄とどういう関係だったんですか？
沢野　大学のボート部で一緒だった。一年の時から仲良くなって、それで、おまえとも知り合った。
ナツカ　それから？
沢野　俺は教師を目指してた。だから、進路の相談に乗ったんだ。
ナツカ　それから？
沢野　もうやめよう。どんなに話しても、おまえの記憶が戻るわけじゃない。
ナツカ　どうして言ってくれなかったんですか？　私が初めて教室に行った日に。
沢野　知らなかったんだ、おまえが来るなんて。俺は、おまえに二度と会わないと誓った。それなのに、いきなり教室に現れて、俺がどんなに驚いたか、わかるか？　あの晩、俺は電話で和也に抗議した。それなのに、あいつ、「俺はナツカに教育を受けさせたいだけだ」って。

ナツカ　ごめんなさい。
沢野　悪いのは全部、和也だ。おまえじゃない。
ナツカ　違うの。私には思い出せないの。あなたと出会ったことも、一緒に暮らしたことも。
沢野　いいんだ。
ナツカ　よくない。私は思い出したいの。思い出したいのよ。
沢野　もう一度、一から始めればいいじゃないか。たった今から。
ナツカ　今から？
沢野　ああ。時間はまだたっぷり残ってる。
ナツカ　わかった。でも、一つだけ教えて。このブレスレット、あなたがくれたの？

沢野がポケットから、ブレスレットを取り出す。それを見て、ナツカが笑顔になる。そして、沢野は、二人で一緒に過ごした時間について、話し始める。

〈幕〉

あとがき

すべての始まりは、『タイム・トラベラー』だった。

一九七二年(昭和四十七年)一月一日(土)午後六時二十分。当時、小学四年だった僕は、なぜかテレビのチャンネルをNHKに合わせてしまった。今、思い返しても、なぜそんなことをしたのか、覚えていない。元日の夕方、お笑い番組に飽きて、ニュースでも見ようと思ったのか。それとも、ザッピングの途中で、何か心に引っかかる映像でもあったのか。

少なくとも、僕は事前には何も知らなかった。NHKがその年から「少年ドラマシリーズ」を始めること。その最初の作品が『タイム・トラベラー』であること。その第一回の放送が一月一日の午後六時二十分からであること。

何も知らずに見始めた。中学三年の芳山和子が、理科準備室に置いてあった、紫色の液体の匂いを嗅ぐ。気がつくと、そこは自分の教室で、窓の外には雪が積もっている。どうやら、今は翌日の午後らしい。一体、いつの間に……。

タイムトラベル！　その日その時まで、僕はそんな胸躍る冒険がこの世に存在するなんて、これっぽっちも知らなかった。時を越えて、明日へ行く？　こりゃ凄い！

放送は毎週土曜。次の週も、その次の週も見た。全五回、夢中になって見た。芳山和子をタイムトラベラーにした犯人は、同級生の深町一夫。その正体は、七百年後の未来からやってきたケン・ソゴル。銀色のツルツルの衣裳を着たケン・ソゴルは、子供の目から見てもヘンテコで、苦笑せざるを得なかった。が、物語そのものはとてつもなくおもしろくて、こんな物語がもっと見たいと強く思った。『タイム・トラベラー』の原作は、筒井康隆氏が書いた『時をかける少女』。その本を本屋で見つけたのは、最終回が放送されて、すぐだったと思う。盛光社の「ジュニアＳＦ」シリーズ。直ちに買って読んだ。おもしろかった。

続けて、シリーズの別の本を読む。眉村卓の『なぞの転校生』、豊田有恒の『時間砲計画』、光瀬龍の『夕ばえ作戦』。やっぱり、みんなおもしろかった。

中でも一番興奮したのが、『夕ばえ作戦』だった。機械いじりが好きな中学生・砂塚茂は、ある日、古道具屋で不思議な機械を手に入れる。その機械を動かしているうちに、茂は戦国時代に行ってしまう。そこで、風魔と名乗る忍者の一族と出会い……。

中学生が戦国時代に行って、忍者と戦う。なんというスケールの大きさ！　しかも、主人公は、忍者の美少女と出会い、恋してしまう。つまり、この小説はタイムトラベルものである同時に、ラブストーリーでもあったのだ！

その後、『夕ばえ作戦』はＮＨＫの「少年ドラマシリーズ」でドラマ化される。二年後の、一九七四年一月。砂塚茂を演じたのは、「笑点」の座布団配りで有名な山田隆夫で、まあ、彼のせいばかりではないが、原作の大ファンだった僕から見ると、かなり残念な出来だった。

時間を二年巻き戻して、一九七二年の十一月。つまり、『タイム・トラベラー』の放送から、十カ月後、『続・タイム・トラベラー』が放送された。『タイム・トラベラー』があまりに好評だったため、急遽、続編が作られたのだ。原作なしのオリジナル脚本だが、キャストは前作と全く変わらず、芳山和子は浅野真弓（当時の芸名は島田淳子）。

正直言って、前作ほどおもしろいとは思わなかった。が、僕はまた芳山和子に会えて、大満足。今から思うと、小四の僕は、芳山和子という少女に恋していたのかもしれない。だとしたら、彼女は僕の初恋の人ということになる！

前作では、芳山和子とケン・ソゴルの関係は、まだ友達以上恋人未満と言った感じだった。が、『続・タイムトラベラー』では、子供の目から見ても、明らかに両思いになっていた。つまり、『夕ばえ作戦』と同じく、タイムトラベル・ラブストーリーとなっていたのだ。

タイムトラベル・ラブストーリー！　なんと心ときめく言葉だろう。世の中に物語のジャンルは数々あれど、僕が最も愛するのは、これ。一九七二年、小四から小五にかけての一年の間に起こった、『タイム・トラベラー』『夕ばえ作戦』『続・タイムトラベラー』との出会いによって、僕の嗜好は完全に決定してしまったのだ。

それから今日に至るまで、僕は様々なタイムトラベル・ラブストーリーと出会ってきた。その中で、特に忘れられないものが二つある。

一つは、大学時代に読んだ、ロバート・A・ハインラインの『夏への扉』。言わずもがなの世界的名作だが、僕も最初に読んだ時は見事にノックアウトされた。タイムトラベル・ラブストーリーというジャンルで、これ以上の作品は生まれないだろう。そう、大学生の僕は思った。

ところが、それは間違いだった。今から五年前、四十三歳の僕は『夏への扉』に勝るとも劣らない作品と出会ってしまった。それが梶尾真治氏の『クロノス・ジョウンターの伝説』だった。

クロノス・ジョウンターは、住島重工の関連会社であるＰ・フレックの開発三課が生み出したタイムマシン。正式名称は、物質過去射出機。つまり、この機械は、物質を過去に射出することができる。

が、時間には、過去から未来に向かって流れる強い力があり、過去に遡行してきた物質は、その強い力によって、未来へと弾き跳ばされてしまう。出発時点よりも、はるかに先の未来へ。

なんて凄いアイディアだろう！　過去に行くことは行けるけど、元の時代には戻れないタイムマシン。過去に行って、好きな人を助けたとしても、自分は遠い未来に跳ばされてしまう。好きな人には二度と会えない。ラブストーリーとして、こんな切ない設定はなかなかない。

『クロノス・ジョウンターの伝説』には三つの短編が収められていた。すなわち、『吹原和彦の軌跡』『布川輝良の軌跡』『鈴谷樹里の軌跡』の三編。僕は作者の梶尾真治氏に許可をいただき、そのすべてを舞台化した。それが、『クロノス』『あしたあなたあいたい』『ミス・ダンデライオン』だ。

舞台には様々な制約があるので、小説を脚色するに当たっては、少なからぬ改変を行わざるを得なかった。が、梶尾真治氏はそれを快く了承してくださり、公演にも足を運んでくださった。いや、それだけではない。確か、僕が梶尾真治氏がお住まいの熊本にお伺いした時だったと思うが、こんな話をしてくださったのだ。「実は今、クロノス・シリーズの新作を執筆中なんですよ。主人公は、あなたの劇団の上川隆也さんをイメージして、書いてるんです」。

そう、それが『きみがいた時間ぼくのいく時間』だった。主人公の秋沢里志のモデルは、上川隆也。そんなうれしいことを言われたら、上川隆也本人を主役にして、舞台化するしかない！　梶尾真治氏が『きみがいた時間ぼくのいく時間』を出版されると同時に、舞台化の許可をもらい、二〇〇八年二月から四月にかけて上演したのが、この本に収めた脚本である。

今回も脚色する際、原作をいろいろ変えてしまった。が、原作のすばらしさはけっして損なっていないと思う。これを読んで、興味を持った方は、ぜひとも原作を読んでいただきたい。圧倒的な感動をお約束する。

同時収録した『バイ・バイ・ブラックバード』は、キャラメルボックスのスプリングツアーとして、二〇一〇年の二月から四月まで上演された。『きみがいた時間ぼくのいく時間』は僕と隈部雅則の共作だが、こちらは僕と真柴あずきの共作。オリジナル作品だが、アイディアの出発点は、カズオ・イシグロの小説『わたしを離さないで』だった。この小説には、ある特殊な学校が出てくる。そこから、記憶障害者の学校という着想を得た。タイムトラベルはしないが、これも一種のSFだと思う。

一九六一年に生まれた僕は、『ゴジラ』『ガメラ』『ウルトラマン』『仮面ライダー』を見て育った。巨大怪獣、宇宙人、改造人間。みんな、SFの題材だ。僕は自分の知らない間に、センス・オブ・ワンダーを求める心を育てていた。だから、『タイム・トラベラー』に感動したのだ。

四十八歳になった今でも、その心は変わらない。僕はこれからも舞台の上で、センス・オブ・ワンダーを追求していこうと思う。


二〇一〇年九月十九日、四十九歳の誕生日を目前に控えた日、東京にて

成井　豊

『きみがいた時間　ぼくのいく時間』

上演期間	2008年2月28日～4月28日
上演場所	サンシャイン劇場 新神戸オリエンタル劇場 大阪厚生年金会館　芸術ホール

CAST

秋沢里志	上川隆也
梨田紘未	西山繭子
秋沢真帆	岡内美喜子
野方耕市	西川浩幸
若月まゆみ	温井摩耶
山野辺光夫	阿部丈二
佐藤小百合	渡邊安理
広川圭一郎	筒井俊作
柿沼純子	坂口理恵
柿沼浩二	岡田達也
柿沼英太郎	左東広之
萩原芽以子	青山千洋
栗崎健	三浦剛
12歳の紘未	小林千恵

STAGE STAFF

演出	成井豊
共同脚本・演出	隈部雅則
美術	伊藤保恵
照明	黒尾芳昭
照明操作	勝本英志、熊岡右恭、穐山友則
音響	早川毅
振付	川崎悦子
スタイリスト	遠藤百合子
ヘアメイク	武井優子
小道具	和合美幸　高庄優子
大道具製作	C－COM、㈲拓人
舞台監督助手	桂川裕行
舞台監督	村岡晋

PRODUCE STAFF

製作総指揮	加藤昌史
宣伝デザイン	ヒネのデザイン事務所＋森成燕三
宣伝写真	タカノリュウダイ
舞台写真	伊東和則
企画・製作	㈱ネビュラプロジェクト

『バイ・バイ・ブラックバード』

上演期間	2010年5月13日〜6月20日
上演場所	サンシャイン劇場
	新神戸オリエンタル劇場

CAST

沢野泰輔	大内厚雄
柳瀬ナツカ	實川貴美子
安西亮一	有馬自由（扉座）
真鍋充人	多田直人
小松崎怜奈	岡田さつき
猪俣亜美	井上麻美子
大橋史代	坂口理恵
東理々子	林貴子
柳瀬はつみ	前田綾
柳瀬和也	小多田直樹
安西真砂子	大森美紀子
安西由紀人	鍛治本大樹
真鍋敏晴	西川浩幸
真鍋彩子	森めぐみ

STAGE STAFF

脚本・演出	成井豊＋真柴あずき
美術	伊藤保恵
照明	佐藤公穂
照明操作	勝本英志、高島里香、鳥海咲
音響	早川毅
振付	川崎悦子
スタイリスト	花谷律子
ヘアメイク	山本成栄
小道具	金子晴美
脚本助手	大内厚雄
劇中写真	伊東和則
映像制作	庄村拓也
大道具製作	C－COM、㈲拓人、㈱テルミック
舞台監督助手	鳥養友美
舞台監督	矢島健、田中政秀

PRODUCE STAFF

製作総指揮	加藤昌史
宣伝デザイン	太田隆之〈SMC〉、芳永えりか〈SMC〉
宣伝写真	タカノリュウダイ
舞台写真	伊東和則
企画・製作	㈱ネビュラプロジェクト

成井 豊（なるい・ゆたか）
1961年、埼玉県飯能市生まれ。早稲田大学第一文学部文芸専攻卒業。1985年、加藤昌史・真柴あずきらと演劇集団キャラメルボックスを創立。現在は、同劇団で脚本・演出を担当するほか、テレビや映画などのシナリオを執筆している。代表作は『ナツヤスミ語辞典』『銀河旋律』『広くてすてきな宇宙じゃないか』など。

この作品を上演する場合は、必ず、上演を決定する前に下記まで書面で「上演許可願い」を郵送してください。無断の変更などが行われた場合は上演をお断りすることがあります。
〒164-0011　東京都中野区中央5-2-1　第3ナカノビル
株式会社ネビュラプロジェクト内
演劇集団キャラメルボックス　成井豊

CARAMEL LIBRARY Vol. 17
きみがいた時間　ぼくのいく時間

2010年11月15日　初版第1刷印刷
2010年11月25日　初版第1刷発行

著　者　成井　豊
発行者　森下紀夫
発行所　論 創 社
東京都千代田区神田神保町2-23　北井ビル
tel. 03（3264）5254　fax. 03（3264）5232
振替口座　00160-1-155266

印刷・製本　中央精版印刷

ISBN978-4-8460-0965-6　

CARAMEL LIBRARY

Vol. 16

すべての風景の中にあなたがいます◉成井豊＋真柴あずき

滝水浩一が山で偶然出くわした女性が残した手帳には「藤枝沙穂流」と名前が．数日後，訪ねていったら住んでいたのは「藤枝詩波流」．名は似てるが全くの別人….『光の帝国』『裏切り御免！』を併録．　本体2000円

Vol. 17

きみがいた時間　ぼくのいく時間◉成井豊＋隈部雅則

研究員・里志は物質を39年前の過去に送り出す機械の開発に携わる．現実離れした研究に意欲を失いかける彼を励ましたのは，5年前に別れたはずの恋人・紘未だった．『バイ・バイ・ブラックバード』併録．　本体2000円

CARAMEL LIBRARY

Vol. 11

ヒトミ◉成井豊＋真柴あずき

交通事故で全身麻痺となったピアノ教師のヒトミ．病院が開発した医療装置“ハーネス”のおかげで全快したかのように見えたが……．子連れで離婚した元女優が再び輝き出すまでを描く『マイ・ベル』を併録．　本体2000円

Vol. 12

TRUTH◉成井豊＋真柴あずき

この言葉さえあれば，生きていける——幕末を舞台に時代に翻弄されながらも，その中で痛烈に生きた者たちの姿を切ないまでに描くキャラメルボックス初の悲劇．『MIRAGE』を併録．　本体2000円

Vol. 13

クロノス◉成井 豊

物質を過去へと飛ばす機械，クロノス・ジョウンター．その機械の開発に携わった吹原は自分自身を過去へと飛ばし，事故にあう前の中学時代から好きだった人を助けにいく．『さよならノーチラス号』を併録．　本体2000円

Vol. 14

あしたあなたあいたい◉成井 豊

クロノス・ジョウンターに乗って布川は過去に行く．そこで病気で倒れた際に助けてもらった枢月と恋におちる．しかし，過去には4日しかいられない！「ミス・ダンデライオン」「怪傑三太丸」を併録．　本体2000円

Vol. 15

雨と夢のあとに◉成井豊＋真柴あずき

雨は小学6年生の女の子．幼い頃に母を亡くし．今は父と暮らしている．でも父の朝晴は事故で亡くなってしまう．幽霊になっても娘を守ろうとする父の感動の物語．『エトランゼ』を同時収録．　本体2000円

CARAMEL LIBRARY

Vol. 1

俺たちは志士じゃない◉成井豊＋真柴あずき

キャラメルボックス初の本格派時代劇．舞台は幕末の京都．新選組を脱走した二人の男が，ひょんなことから坂本竜馬と中岡慎太郎に間違えられて思わぬ展開に…….『四月になれば彼女は』初演版を併録．　本体2000円

Vol. 2

ケンジ先生◉成井 豊

子供とむかし子供だった大人に贈る，愛と勇気と冒険のファンタジックシアター．中古の教師ロボット・ケンジ先生が巻き起こす，不思議で愉快な夏休み．『ハックルベリーにさよならを』『TWO』を併録．　本体2000円

Vol. 3

キャンドルは燃えているか◉成井 豊

タイムマシン製造に関わったために消された1年間の記憶を取り戻そうと奮闘する男女の姿を，サスペンス仕立てで描くタイムトラベル・ラブストーリー．『ディアーフレンズ，ジェントルハーツ』を併録．　本体2000円

Vol. 4

カレッジ・オブ・ザ・ウィンド◉成井 豊

夏休みの家族旅行の最中に，交通事故で5人の家族を一度に失った短大生ほしみと，ユーレイとなった家族たちが織りなす，胸にしみるゴースト・ファンタジー．『スケッチブック・ボイジャー』を併録．　本体2000円

Vol. 5

また逢おうと竜馬は言った◉成井 豊

気弱な添乗員が，愛読書「竜馬がゆく」から抜け出した竜馬に励まされながら，愛する女性の窮地を救おうと奔走する，全編走りっぱなしの時代劇ファンタジー．『レインディア・エクスプレス』を併録．　本体2000円